Carlo Manzoni:
Der vierzehnte Gast
Kuriose und andere Geschichten

Deutsch von Raimund Mayer-Rosa
und Johannes Piron

Deutscher
Taschenbuch
Verlag

Von Carlo Manzoni
sind im Deutschen Taschenbuch Verlag erschienen:
Haust du mich – hau ich dich (1130)
Liebling, zieh die Bremse an (1248)

1. Auflage Juni 1978
5. Auflage Februar 1983: 51. bis 56. Tausend
Deutscher Taschenbuch Verlag GmbH & Co. KG,
München
Lizenzausgabe mit freundlicher Genehmigung des Verlags
Albert Langen · Georg Müller GmbH, München
Der Band enthält alle Geschichten aus ›Alle Tage Sonnenschein‹
und eine Auswahl aus ›Da stimmt was nicht‹
Umschlaggestaltung: Celestino Piatti
Gesamtherstellung: C. H. Beck'sche Buchdruckerei,
Nördlingen
Printed in Germany · ISBN 3-423-01364-8

Das Buch

Wer Carlo Manzoni nur als den Verfasser von Kriminal-Parodien und der berühmten Signor-Veneranda-Geschichten kennt, wird im vorliegenden Band eine andere, nicht weniger amüsante Seite dieses Autors kennenlernen. Da sind zunächst einmal jene Geschichten, in denen es nicht mit rechten Dingen zugeht. Auf einer Abendgesellschaft verblüfft ein älterer Herr, der durch seine kohlschwarzen Augen auffällt, die Gäste mit ungewöhnlichen Zauberkunststücken. Bald zeigt sich jedoch, daß er alles andere als ein simpler Taschenspieler ist. Ein Radrennfahrer, der nur einmal in seinem Leben als Sieger durchs Ziel fuhr, kann sich später nicht mehr erklären, wie es dazu kam. Wer war der geheimnisvolle Schrittmacher? Ein Professor, der aus den Handlinien wahrsagen kann, aber selbst nicht daran glaubt, wird auf makabre Weise eines Besseren belehrt. Und der vierzehnte Gast bewährt sich auch nicht gerade als Glücksbringer. Es versteht sich von selbst, daß Manzoni dies alles augenzwinkernd und mit großer Leichtigkeit erzählt. Und dann gibt es noch jene Geschichten aus dem Alltag, vom Fußballspiel, von den Geschenken zum Namenstag, vom Autofahren in der Nacht und von Urlaubsreisen mit Hindernissen. Irreal geht es hier nicht zu, nur sehr menschlich und – sehr komisch.

Der Autor

Carlo Manzoni, 1909 in Mailand geboren, studierte zunächst Medizin, dann in Abendkursen Architektur und Zeichnen an verschiedenen Hochschulen. Als Maler nahm er aktiven Anteil an der Bewegung des Futurismus. 1936 begann er zu schreiben, zunächst satirische und humoristische Aufsätze für Zeitungen und Zeitschriften, später auch Stücke für Theater und Fernsehen. Er ist Mitbegründer der satirischen Zeitschrift ›Bertoldo‹. Berühmt wurde er vor allem durch seine Kriminalparodien.

Inhalt

Ungefähr zwanzig Personen waren an jenem Abend im Hause von Domingo Donez de Dentiz versammelt. Ich sage »ungefähr«, denn die Gäste kamen und gingen, so daß ihre Zahl ständig wechselte. Einmal waren es achtzehn, einmal dreiundzwanzig und einmal sogar vierzig. Die Donez de Dentiz waren eine sehr gastfreie Familie, und wenn sie ihre Freunde einluden, wünschten sie, daß auch die Freunde ihrer Freunde am Fest teilnahmen. Und so kam alle Augenblick jemand hinzu und stellte sich lächelnd vor. Es war der Freund eines Freundes oder nur der Freund des Freundes eines Freundes.

So vergrößerte sich die Gesellschaft in zunehmendem Maße. Die Getränke ließen die Zahl der Gäste doppelt, ja dreifach erscheinen. Und alle Augenblick stellte sich jemand vor.

»Esimio Bidodici.«

»Sehr angenehm.«

»Ramirez Biancafalda.«

»Sehr erfreut. Dort ist die Bar. Möchten Sie Whisky oder lieber Tinte?«

»Danke, nur einen Mineralwasser-Cocktail.«

Adelaide Fastidio bediente das Grammophon, und im »Saal der Klöpse« tanzten die Paare pausenlos.

Wie oft wurde an der Haustür geschellt? Dreißig-, vielleicht vierzigmal. Keiner erinnert sich daran. Wie viele Personen kamen an jenem Abend, und wer waren sie: Keiner weiß es mehr. Neue Leute, unbekannte Gesichter. Um Mitternacht ging der reichliche Flaschenvorrat der Bar zur Neige.

Wie hieß doch jener ältere Herr mit den weißen Haaren und dem gezwirbelten Schnurrbart? Der mit den kleinen kohlschwarzen Augen und dem blassen Gesicht?

Keinem fällt es mehr ein. Aber alle erinnern sich genau an seine Anwesenheit. Wann war er gekommen? Keiner weiß es. Wessen Freund war er? Wer hatte ihn in das Haus von Domingo Donez de Dentiz eingeladen?

Alles Fragen ohne Antwort.

Und doch kann sich jeder seiner gut entsinnen. Jedem haftet sein Bild noch klar im Gedächtnis, jeden hat sein stechender Blick getroffen.

Herzlich, heiter ausgelassen wie alle Gäste. Auch er trank wie

7

die anderen, und selbst die stärksten Getränke konnten ihm nichts anhaben. Er aß die schärfsten Paprikaschoten, ohne daß ihm Tränen in die Augen traten. Das fiel auf, und viele machten scherzhafte Bemerkungen über diese seine außerordentliche Fähigkeit. Jemand meinte sogar, der Herr könne Federmesser und Rasierklingen ebenso ruhig hinunterschlucken wie ein gewöhnlicher Sterblicher Mayonnaise.

Dann fing der Buchhalter Bassopiano mit Gesellschaftsspielen an. Er war auf diesem Gebiet ein Spezialist, und alle Leute luden ihn eben wegen seines Talentes, Gesellschaftsspiele zu organisieren, zu ihren Festen ein. Buchhalter Bassopiano setzte die Gäste immer in Erstaunen. Er konnte Dinge wie kein anderer.

Domingo Donez de Dentiz hatte den Buchhalter gebeten, doch eines seiner Kunststücke zum besten zu geben. Alle klatschten begeistert Beifall. Der Buchhalter zierte sich erst, wie er es immer zu tun pflegte, gab dann aber dem allgemeinen Drängen nach.

Er wickelte eine Münze in sein Taschentuch und ließ sie verschwinden. Dann fand er sie im Ohr von Mathilde Fustagno wieder.

»Bravo«, lobte Mathilde Fustagno. »Aber ich möchte noch mehr Münzen in meinem Ohr finden. Ganz viele – nicht nur eine.«

»Bedaure«, sagte Buchhalter Bassopiano, »eine war verschwunden, eine fand ich wieder. Mehr kann ich nicht tun.«

In diesem Augenblick trat der Herr mit den schwarzen Augen und den weißen Haaren zu Mathilde Fustagno, hielt beide Hände wie eine Schale unter das Ohr der jungen Dame und fing darin einen wahren Regen von Goldstücken auf.

»Bitte«, sagte er und überreichte ihr die Münzen. »Sind Sie nun zufrieden?«

Mathilde Fustagno schaute ihn verblüfft an. Der Buchhalter Bassopiano riß die Augen auf, und alle Gäste blickten ungläubig drein.

Der Herr mit den schwarzen Augen lächelte und verbeugte sich.

»Ein kleiner Taschenspielertrick«, sagte er, »klein und bescheiden. Nichts Besonderes.«

Mathilde Fustagno ließ die Münzen hastig in ihrer Handtasche verschwinden.

»Ich möchte nicht, daß Sie sie mir wieder wegzaubern«, sagte sie.

»Keine Angst«, sagte der Schwarzäugige, »niemand wird daran rühren.«

»Sie sind fabelhaft«, sagte Buchhalter Bassopiano, »gegen Sie

8

bin ich nur ein Stümper. Bitte, machen Sie uns doch noch ein Kunststück vor!«

»Wirklich –«, stammelte der Schwarzäugige, »ich wage es nicht. Mir scheint, Sie gelten hier als Berühmtheit. Alle erwarten von Ihnen etwas Besonderes, nicht von mir.«

»Mir wird das nie gelingen, was Sie bei Fräulein Fustagno vollbracht haben«, sagte Buchhalter Bassopiano.

»Warum versuchen Sie's nicht?« fragte Domingo Donez de Dentiz.

Buchhalter Bassopiano zuckte die Achseln und hielt die Hände wie eine Schale unter Mathilde Fustagnos Ohr. Doch nichts fiel heraus.

»Ich habe es ja gleich gesagt!« sagte Buchhalter Bassopiano enttäuscht.

»Nur nicht den Mut verlieren!« sagte der Schwarzäugige. »Mit etwas gutem Willen wird es Ihnen auch gelingen. Warten Sie!«

Er zog ein großes weißes Taschentuch hervor, entfaltete es und verdeckte damit Bassopianos Hände und Mathildens Ohr.

Da blickte der Buchhalter verdutzt um sich, und alle begriffen, daß seine Hände sich mit etwas füllten. Der Schwarzäugige hob das Taschentuch, und der Buchhalter zeigte den Anwesenden seine Hände voller Goldstücke.

»Phantastisch«, sagte Mathilde Fustagno und griff nach ihrer Handtasche. »Ich weiß nicht, wie ich Ihnen danken soll.«

»Nicht doch«, wehrte Buchhalter Bassopiano ab, »ich habe nichts damit zu tun, sondern der Herr dort.« Mit einer Kopfbewegung bezeichnete er den Schwarzäugigen, und der Schwarzäugige lächelte.

»Es gehört nicht viel dazu«, sagte er. »Wenn die Herrschaften gestatten, werde ich noch ein anderes Kunststückchen vorführen.«

Alle klatschten glücklich und zufrieden Beifall.

Die Grammophonmusik verstummte, und die Gäste im anderen Saal hörten zu tanzen auf.

Alle eilten in den Salon. Wie viele waren dort? Vielleicht vierzig, vielleicht fünfzig.

Es war ein ständiges Kommen und Gehen. Freunde der Freunde von Domingo Donez de Dentiz' Freunden. Und außerdem ließen die Getränke die Zahl der Gäste doppelt, ja dreifach erscheinen. Aber an den Schwarzäugigen erinnern sich alle, wenn auch keiner ihn je zuvor gesehen hatte. Alle erinnern sich an das, was er getan hat.

Die Ausgelassenheit hatte ihren Höhepunkt erreicht, als der Schwarzäugige Domingo Donez de Dentiz hinter einem Tischtuch verbarg. Er zählte bis drei und riß rasch das Tuch weg.

Domingo Donez de Dentiz hatte sich verjüngt – mindestens um zwanzig Jahre. Er war nicht mehr der ältere Herr mit den grauen Schläfen und den etwas gebeugten Schultern, sondern ein hochgewachsener, schlanker junger Mann mit glänzend schwarzem Haar und elegant gestutztem Schnurrbart. Genau wie auf dem Bild über dem Kamin, dem Bild des dreißigjährigen lebenssprühenden Domingo Donez de Dentiz, und er hatte genauso das Jagdgewehr geschultert, und zu seinen Füßen lag die noch leere Jagdtasche.

Der Beifall war ohrenbetäubend.

Domingo Donez de Dentiz warf sich stolz in die wieder jugendliche Brust.

»Phantastisch!« rief er. »Unglaublich! Ein wunderbares Gesellschaftsspiel! Ich bin tatsächlich wieder jung.«

Er betrachtete sich im Spiegel, strich sich über die Haare, seufzte tief.

»Ich fühle mich genau wie vor zwanzig Jahren«, sagte er. »Ihr Spiel hat mir ausgezeichnet gefallen.«

Der Schwarzäugige lächelte bescheiden.

»Spielereien«, sagte er. Die Gäste starrten sprachlos den Hausherrn an.

Da fiel Domingo Donez de Dentiz' Blick auf seinen Anzug. Er bat die Gäste um Entschuldigung.

»Ich werde mich umziehen«, sagte er, »es gehört sich nicht, daß ich meine Gäste im Jagdanzug empfange.«

Er legte das Gewehr ab und ging hinaus. Alle scharten sich neugierig um den Schwarzäugigen.

»Wie haben Sie das gemacht?« fragte der Buchhalter Bassopiano, der sich die Sache nicht erklären konnte. »Können Sie mir dieses Kunststück nicht auch beibringen?«

»Es ist nicht leicht«, sagte der Schwarzäugige.

»Und doch muß es ein Trick sein«, sagte jemand.

In diesem Augenblick kam Domingo Donez de Dentiz wieder in den Salon, ziemlich aufgeregt, in Hemdsärmeln und seine Hose mit beiden Händen festhaltend.

»Der Smoking ist mir viel zu weit«, sagte er verzweifelt, »er paßt mir nicht mehr.«

»Eins, zwei, drei«, sagte der Schwarzäugige und machte eine Handbewegung. »Jetzt ist es in Ordnung.«

Domingo Donez de Dentiz ging hinaus und kehrte bald darauf zurück. Sein Abendanzug saß wie angegossen.

»Wenn es den Herrschaften beliebt, fahre ich fort«, sagte der Schwarzäugige.

Alle umdrängten ihn nun, doch er verstand es, sich mit den Händen Platz zu verschaffen. Er schaute zu Esmeralda Adrianopolis de Guantis hinüber, einer alten adligen Dame, die in der ganzen Gegend wegen ihrer strengen Moral bekannt war. Sie rühmte sich, unter ihren Ahnen einen königlichen Minister, einen Kardinal und zwei Kreuzritter zu haben. Die alte Dame saß steif in ihrem Sessel, beobachtete seit Beginn des Festes das ausgelassene Treiben und schüttelte immer wieder mit gewohnter Herablassung den Kopf, zum Zeichen, daß sie das Benehmen der modernen Jugend mißbilligte. Nur hie und da begab sie sich zur Bar. Jemand hatte gesehen, wie sie verstohlen einmal ein Gläschen Wodka leerte, das andere Mal einen Cinzano.

Der Schwarzäugige hob das Tischtuch und entzog die alte Dame den Blicken der Anwesenden.

»Eins, zwei, drei«, sagte er schnell und warf das Tuch fort.

Ein allgemeiner Aufschrei maßlosen Erstaunens: Die alte Dame war plötzlich wieder jung. Sie saß nicht mehr steif und kerzengerade im Sessel, sondern balancierte auf seiner Rückenlehne. Sie trug ein kurzes Ballettröckchen aus Tüll, das zwei vollendet schöne Beine in schwarzen Strümpfen unbedeckt ließ. In der rechten Hand hielt sie ein aufgespanntes blaues Schirmchen, und mit der linken teilte sie Küsse nach allen Seiten aus.

Rasch und behende sprang Donna Esmeralda Adrianopolis de Guantis von der Sessellehne herunter, machte das Schirmchen zu und errötete heftig, als sie um sich blickte.

Sie war um dreißig Jahre verjüngt und wieder in das zurückverwandelt worden, was sie vor dreißig Jahren gewesen war: eine einfache Varietétänzerin.

»Ich weiß nicht, ob ich mich freuen oder schämen soll«, stammelte sie verwirrt. »Einerseits freut es mich, daß Sie mich wieder verjüngt haben, aber andererseits ... mein Ansehen ... wie stehe ich da!«

»Phänomenal!« rief der Buchhalter Bassopiano. »Mir wäre ein solches Kunststück nie gelungen!«

»Nicht der Rede wert«, lächelte der Schwarzäugige.

Erst da begannen sich die Leute zu fragen, woher er kam, wer er war und wie er hieß.

Aber keiner wußte eine Antwort. Keiner hatte ihn je zuvor

gesehen. Keiner wußte, wann und wie er hereingekommen war.

In bester Laune machte Domingo Donez de Dentiz den jungen Damen den Hof, während Donna Esmeralda versuchte, sich eine Haltung zu geben. Sie warf ihren Pelz um die Schultern und bemühte sich, ihre schönen schwarzbestrumpften Beine zu bedecken.

Mathilde Fustagno hielt dem Schwarzäugigen immer noch ihr Ohr hin, und weitere Goldstücke gesellten sich zu den anderen in ihrer Handtasche.

Um vier Uhr morgens zeigte der Schwarzäugige immer noch sein freundliches Lächeln, und die ob des wunderbaren Abends glücklichen und zufriedenen Gäste dachten daran, sich zu verabschieden.

Die einen hatten eine prall gefüllte Brieftasche, andere ein Auto vor der Tür und wieder andere ein Landhaus. Der Schwarzäugige hatte unablässig gearbeitet und bereitwillig allen Bitten der von seiner außergewöhnlichen Kunst begeisterten Gäste entsprochen.

»Jetzt ist's genug«, sagte er schließlich, »ich glaube, daß ich die Wünsche aller Anwesenden erfüllt habe. Oder möchte jemand noch irgend etwas?«

»Eine Ölquelle«, sagte Buchhalter Bassopiano, »ganz für mich allein.«

Ein letztes Mal willigte der Schwarzäugige ein. Er führte den Buchhalter ans Fenster und deutete zum Horizont. Hinter den Dächern der Häuser ragte die Spitze eines Bohrturmes empor, und darauf leuchtete in Neonschrift: *Bassopiano-Petroleum*.

»Und jetzt«, sagte der Schwarzäugige, die Hand ausstreckend, »darf ich um Ihre Seele bitten.«

Alle schauten ihn entgeistert an.

»Ja«, wiederholte der Schwarzäugige, »Ihre Seele. Jeder arbeitet für etwas. Ich natürlich auch. Ich habe Ihnen alles verschafft, was Sie sich wünschten. Jetzt heißt es bezahlen!«

»Die Seele?« riefen die Gäste schaudernd.

Der Schwarzäugige schaute sich um und wartete mit ausgestreckter Hand. Keiner rührte sich, keiner sagte ein Wort.

»Keiner?« fragte der Schwarzäugige. »Also war alles nur ein Scherz.«

Er machte eine Bewegung mit der rechten Hand, verbeugte sich, schritt zur Tür und verschwand.

Buchhalter Bassopiano stürzte ans Fenster. Der Bohrturm mit

der Aufschrift *Bassopiano-Petroleum* war verschwunden. Mathilde Fustagno kramte in ihrer Handtasche: sie war leer. Zerronnen waren Villen und Autos.

Peinlich berührt und ernüchtert gingen die Gäste nach Hause. Domingo Donez de Dentiz verabschiedete sie auf der Schwelle. Er war wieder alt geworden und hatte graue Schläfen und gebeugte Schultern wie zuvor. Er fühlte sich unbehaglich in dem zu engen Abendanzug, und der Hemdkragen schnürte ihm die Kehle zu.

Donna Adrianopolis de Guantis saß steif und kerzengerade in ihrem Sessel und hatte noch das kurze Röckchen von vor dreißig Jahren an. Ihre dünnen Beine steckten in schwarzen Strümpfen.

Schamroten Gesichtes sah sie den letzten Gast den Salon verlassen. Dann zerbrach sie wütend das blaue Sonnenschirmchen.

»Lächerliche Gesellschaftsspiele«, sagte sie.

Er war ein großer Radrennfahrer gewesen.

Ich sage groß, aber nicht im heutigen Sinne. Das heißt keiner, der immer Erster war und alle anderen schlug, sondern auf ganz andere Weise. Trotzdem war er groß, allerdings nicht, weil er von Gestalt groß war, er war sogar ausgesprochen klein, sondern er war groß in dem Sinne, daß er an allen Rennen teilnahm, daß er immer anwesend war, und ich will damit sagen, auch dann, wenn er keine Hoffnung hatte zu gewinnen, ich meine nicht einmal das ganze Rennen, sondern nur irgendeine Prämie.

Er fuhr Rennen um des Rennens willen und damit basta. Denn es gefiel ihm, Rennen zu fahren. Vor allem gefiel ihm zum Beispiel der Start, und er sprach oft über den Start. Es sei das Beste am ganzen Rennen. Er hätte alles für einen Start gegeben, und auch jetzt noch, da er alt ist, erinnert er sich sehnsüchtig daran.

Beim Start war er immer der Erste und das war keineswegs leicht. Erster bei allen Starts zu sein ist nicht jedem gegeben.

Die großen Radrennmeister etwa sind nie die ersten beim Start, und es ist unverständlich, warum die Leute nicht mehr Wert darauf legen. Sie sind als erste am Ziel, und wenn ich recht verstehe, gilt ihr Interesse ausschließlich dem. Dabei sind alle Meister fähig, als erste das Ziel zu erreichen. Jedem übrigens sein Spezialgebiet, und man muß den Spitzenfahrern das ihrige einräumen. Der eine spezialisiert sich auf den Endspurt, der andere auf die Abfahrt, der eine auf die Straße, der andere auf die Bahn.

Bino Ribelli spezialisierte sich auf den Start.

Wenn er darüber reden kann, ist er glücklich. Seine Augen leuchten, und er lächelt. Dann erzählt er ausführlich, was er in seiner langen Karriere als Radrennfahrer erlebt hat.

Er besitzt ein Album voller Fotografien. Da ist er mit diesem oder jenem Meister abgebildet, und sogar die richtigen Meister der Meister legen eine Hand auf seine Schulter und lächeln.

Fast alle Großen des Radsports haben ihm die Hand auf die Schulter gelegt, und einer von ihnen hat sich sogar einmal bei ihm eingehakt und ihn um eine Gefälligkeit gebeten. Um eine Kleinigkeit, etwa ihm den Fahrradschlauch zu halten oder ihm die Feldflasche zu reichen.

Bino Ribelli hat ein kleines Haus und lebt dort mit seinen Erinnerungen.

Ich bin eines Tages bei ihm gewesen und habe gesehen, daß sein Häuschen mit Fotografien von Straßen, Rennen, Rennfahrern und Startbändern tapeziert ist. Auch unscharfe sind darunter und einige alte, zerrissene.

An jenem Tage lebte er in einer fernen Erinnerung, aber er weigerte sich, mir zu sagen, um welche es sich handelte. Seine persönliche Angelegenheit, die er für sich behielt.

Wir alle haben so etwas. Hie und da kommen uns Gedanken, die wir keinem andern anvertrauen wollen. Es sind intime Dinge, die uns gehören und die wir für uns behalten.

Wir tun gut daran, sie für uns zu behalten. Wir haben das Recht dazu, oder etwa nicht?

Ich bat ihn an jenem Tage, mir etwas zu erzählen, was er sagen könnte, kurzum, eines seiner Abenteuer oder wenigstens, wie er angefangen habe oder wieso er je auf die Idee gekommen sei, immer als erster am Start zu sein.

»Es war kein ausgeklügelter Plan«, sagte Bino Ribelli, »ich hatte plötzlich eines Tages den Einfall und setzte ihn sogleich in die Tat um. In den ersten Jahren meiner langen Karriere war es mir nie gelungen, das Zielband zu sehen.«

»Immer aufgegeben?« fragte ich.

»Nein«, sagte er, »immer vom Wege abgekommen. Wir starteten in der Gruppe, und ich strampelte hinter den Schultern meiner Renngefährten her. Dann konnte ich das Tempo nicht mehr mithalten und war gezwungen, langsamer zu fahren. Nach einer Weile sah ich nicht einmal mehr die Rücken meiner Gefährten, strampelte aber doch weiter. Bei der ersten Kreuzung schlug ich den falschen Weg ein. Ich erinnere mich an Tage, da ich mich auf diese Art und Weise alleine fand, meine ganze Kraft zusammenraffte und heftig strampelte, um die anderen einzuholen. Ich nahm mir vor, erst dann das Tempo zu verringern, wenn ich die Rücken der Rennfahrer sehen würde. Da ich aber den falschen Weg eingeschlagen hatte, war es völlig unmöglich, die Rücken der Rennfahrer vor mir zu sehen. Ich strampelte den ganzen Tag, und ich kann Ihnen versichern, ich fuhr so schnell, daß ich, wäre ich auf der richtigen Straße gewesen, das Rennen gewonnen hätte. Wie oft ist mir das passiert! Ich wäre ganz bestimmt als erster angekommen. Damals war ich jung. Abends fand ich mich in irgendeiner Stadt, vielleicht sogar in der genau entgegengesetzten Richtung von der, wo das Ziel war, und las die Resultate des Rennens, an dem ich teilgenommen hatte.«

»Ich verstehe«, sagte ich.

»So entschloß ich mich«, sagte Bino Ribelli, »mich ans Startband zu halten. Es war das einzige Band, dessen ich sicher sein konnte. So kam es, daß ich die Anfangsgeschwindigkeit forcierte und dann in der Gruppe blieb. Denn eigentlich bin ich durch das Rennfahren Rennfahrer geworden. Ich blieb zurück, aber nicht so weit, daß ich mich verirrt hätte.«

»Sind Sie denn nie Erster geworden?« fragte ich.

»Einmal«, sagte er, aber er sagte es schaudernd, und da er dadurch meine Neugier geweckt hatte, bat ich ihn, mir zu erzählen, wie es dazu gekommen sei.

»Es geschah bei einem Zweihundert-Kilometer-Rennen«, sagte er, »und wir waren neunundfünfzig Rennfahrer. Darunter die Meister der Meister, die immer auf der ersten Seite der Zeitungen stehen. Alle hatten mir geraten, das Rennen zu fahren, aber das Ziel war mir gleichgültig, wichtig war mir nur der Start und damit basta. Wie gewöhnlich. Da war nun ein Kollege von mir, ein unglücklicher Rennfahrer, der unter seinem Mißerfolg litt. Auch er nahm an allen Rennen teil, kam aber nie unter den ersten vierzig an. Er weinte und verzweifelte. Er versuchte alle Mittel, um wenigstens einmal zu gewinnen. Nicht mehr, nur ein einziges Mal und dann Schluß. Wenn er ein einziges Mal gewonnen hatte, würde er sich von der Rennfahrerkarriere zurückgezogen haben.

Sein alter Vater wollte nicht, daß er Rennen fuhr, und bat ihn, damit aufzuhören. Aber nichts zu machen.

›Laß mich ein einziges Mal gewinnen‹, sagte er, ›dann höre ich auf. Das schwöre ich dir.‹

Der alte Vater litt jedesmal, wenn ein Rennen stattfand, und betete zu Gott, daß sein Sohn gewinnen möge, weil er dann damit aufgehört hätte. Doch nichts zu machen. Eines Tages starb Cardo Baldacchios Vater. Cardo Baldacchio fuhr weiter Rennen und fand sich also auch zu diesem berühmten Rennen ein. Ich erinnere mich daran, als wäre es heute, und es überläuft mich kalt. Wie gewöhnlich war ich als erster am Startband, und als Cardo kam, begrüßte ich ihn herzlich.

›Diesmal will ich gewinnen‹, sagte der Arme, ›um jeden Preis. Dann fahre ich keine Rennen mehr.‹

Ich sagte, ich wolle mein möglichstes tun, um ihm zu helfen. Vielleicht könnte ich ihm im richtigen Augenblick einen kleinen Stoß geben, vielleicht ihm mein Rad überlassen. Natürlich müßte es mir gelingen, sein Tempo mitzuhalten.

Wir starteten. Er hatte die Nummer siebzehn. Er startete ruhig, aber entschlossen, und ich heftete mich an seine Fersen. Sie wissen ja, wie so ein Rennen vor sich geht. Die Gruppe bildet sich um, einer rast voraus, einer bleibt zurück, und man verliert sich aus der Sicht. So verlor ich ihn eine Weile aus der Sicht, fand ihn dann aber wieder neben mir. Ich sah, daß es ihm gut ging und daß er Anstalten machte, die anderen hinter sich zu lassen. Also machte ich auch Anstalten, ihm zu folgen. Da entstand wieder einige Verwirrung. Ich übernahm die Spitze mit der Absicht, auf ihn zu warten und mich an sein Hinterrad zu heften, wenn er mich überholte, um ihm zu helfen. Alles bestens. Ich strampelte eine halbe Stunde ziemlich forsch und zog alle hinter mir her, die Meister und ihre Helfer. Ich führte mit hübschem Tempo, wußte aber, daß alle mich an einem gewissen Punkt wie gewöhnlich überholen würden. Diesmal jedoch wollte ich Widerstand leisten, um Cardo zu helfen.

Nach einer Weile hebe ich den Kopf und betrachte die Straße vor mir. Auf der freien Strecke erblicke ich einen Einzelfahrer, der ein Trikot mit Cardos Farben trägt. Die Nummer kann ich nicht gut erkennen, weil ich noch zu weit entfernt bin, aber es sind seine Farben. Da sehe ich, daß er mir ein Zeichen macht und etwas langsamer fährt. Ich stemme mich daraufhin in die Pedale und bin ihm bald auf den Fersen. Er ist es wirklich, denn auf dem Rücken trägt er die Nummer siebzehn. Er fährt schnell, beugt sich über die Lenkstange und dreht sich nicht mehr um. Ich versuche, neben ihn zu gelangen, um ihn zu fragen, wie er es fertiggebracht habe, alle abzuhängen, ohne daß ich ihn vorbeifahren sah. Aber es gelingt mir nicht: stets fährt er schneller als ich. Ich bleibe hinter ihm, er nimmt mir den Wind weg, daß es eine wahre Lust ist, und saust wie der Blitz. Ich sehe mich um, und nach einer Weile ist keiner mehr da. Alle Fahrer sind distanziert. Ich freue mich für ihn. Wenn er nur durchhält, denke ich, und wundere mich, woher er so viel Kraft in den Beinen hat. Die Presseautos kommen, winken, kehren zurück, fahren voraus.

Ich habe nicht die geringste Absicht, meinen Gefährten zu überholen. Ein wenig befremdend empfinde ich es, daß niemand ›Feste, Cardo!‹ ruft. Inzwischen sind wir fast am Ziel. Diesmal hat er es geschafft, denke ich. Er gewinnt und fährt dann keine Rennen mehr. Sein Vater im Grab wird bestimmt zufrieden sein.

Da ist die Zielgerade. Diesmal wirst du Zweiter, sagte ich mir, das ist schon eine gute Leistung für dich. Eine Riesenmenge hat sich eingefunden, klatscht in die Hände, dann fahre ich am Hinterrad Cardos, der mir auf der ganzen Strecke den Wind abgefangen hat, ohne mir seinen Platz überlassen zu wollen, damit ich ihn etwas hätte ziehen können, durchs Ziel. Kaum bin ich durchs Ziel gefahren, da stürzen sich die Leute auf mich, die Mädchen küssen mich, überreichen mir Blumen, die Journalisten holen mich ans Mikrophon. Ich bin völlig verdattert und entgeistert. Ich halte nach Cardo Ausschau und kann ihn nicht erblicken. Alle behaupten, daß ich Erster sei, aber, zum Teufel, ich weiß sicher, daß es nicht stimmt. Ich bin Zweiter. Doch es ist nichts zu machen. Ich bekomme auch den Preis, und inzwischen treffen die berühmten Fahrer ein und dann die ganze Gruppe der anderen.

Während sie ankommen, suche ich Cardo – wahrhaftig, da ist er, unter den letzten. Ich sehe ihm ins Gesicht: er ist es wirklich. Er trägt das Trikot mit seinen Farben und auf dem Rücken die Nummer siebzehn. Ich kann es nicht fassen. Cardo ist niedergeschmettert und weint. Auch diesmal habe er es nicht geschafft, sagt er, obwohl er sein möglichstes getan habe; die anderen seien ihm schon bald davongefahren.

Später bin ich zu ihm ins Hotel gegangen und habe ihm die Geschichte erzählt. Ich habe ihm gesagt, daß ein Fahrer mit seinen Farben und seiner Nummer auf dem Rücken bis zum Ziel mein Schrittmacher gewesen sei. Und er hat mir gesagt, daß ich mich wohl nicht geirrt hätte. Hat gesagt, daß es der Geist seines Vaters auf dem Fahrrad gewesen sein müsse. Seines Vaters, der wollte, daß er Erster würde, um dann das Rennfahren aufzugeben. Darum sei er im Höllentempo auf der ganzen Strecke mein Schrittmacher gewesen. Nur habe der Geist seines Vaters den Fehler gemacht, nie einen Blick über die Schulter zu werfen, und so sei er bis zum Ziel mein Schrittmacher und nicht der seines Sohnes gewesen.

Cardo hat von diesem Tag an seine Rennfahrerlaufbahn aufgegeben. Und das war das einzige Mal, daß es mir gelang, das Rennen zu machen«, schloß Bino Ribelli.

Dann erzählte er mir seine anderen Abenteuer, aber keines war so interessant wie dieses.

Der Marchese Gismondo di Valleguscio hob die Tafel auf.

»Wenn die Herrschaften sich bitte zum Kaffee in den Salon begeben wollen ...«, sagte er.

Im munteren Geplauder trat eine kurze Unterbrechung ein, Stühle wurden gerückt, und die kleine Schar der Geladenen verließ das Zimmer.

An jenem Abend hatte der Marchese nicht viele Gäste. Ein ausländisches Ehepaar, das er in Cannes kennengelernt hatte, einen Wollfabrikanten mit seiner Tochter, einen Juwelier, einen Reisenden in Büroartikeln, dessen Frau und den Grafen Edoardo degli Urgenti mit seiner Gemahlin Gisalberta Maddalena Clarissa.

Die Geladenen jenes Abends waren außergewöhnliche Gäste. Keinerlei freundschaftliche oder verwandtschaftliche Beziehungen verbanden sie mit dem Marchese. Rein zufällige Bekanntschaften waren es, die der Marchese auf Reisen gemacht hatte; aber all diese Leute besaßen etwas Gemeinsames: sie hatten mehr oder weniger offen den empfindlichen Marchese gekränkt, indem sie an den Geschichten zweifelten, die über die Schmuck- und Juwelensammlung Gismondo di Valleguscios im Umlauf waren.

Wenige hatten das Glück gehabt, die berühmte Sammlung zu bewundern. Jene wenigen waren von dem Glanz der Steine und dem Wert der Geschmeide so überwältigt worden, daß sie fast den Verstand verloren hatten.

Die Herzogin Luisa Colpennino war in Ohnmacht gefallen, ehe sie die seltensten Stücke der Kollektion hatte bewundern können, und war erst nach acht Monaten wieder völlig zu sich gekommen, dank ihrer täglichen Zimmergymnastik und einer langen Erholungsreise zu den bekanntesten Luftkurorten Europas.

Es war ausgeschlossen, die Sammlung zu besichtigen: der Marchese Gismondo sagte jedem »nein«, der ihn zu bitten wagte, seinen Fuß in die Gemächer setzen zu dürfen, in denen die Kleinodien eifersüchtig gehütet wurden.

Die Neugier der Kenner war enorm, und obwohl außer jenen wenigen keiner je ein einziges Stück der Sammlung hatte bewundern können, durfte dennoch das Vorhandensein der Sammlung und ihr unschätzbarer Wert nicht in Zweifel gezogen werden.

Nur die an jenem Abend Geladenen hatten es gewagt, bei verschiedenen Gelegenheiten ihre Ungläubigkeit kundzutun.

Der Ausländer von Cannes hatte eines Tages, als er die Sammlung des Marchese rühmen hörte, seine Frau angeblickt und gelächelt: ein vielsagendes Lächeln, das sich der Marchese genau gemerkt hatte.

Bei einem anderen Anlaß hatte der Wollfabrikant seine Zweifel klar und unumwunden geäußert; während der Reisende in Büroartikeln mit einem Anflug von Spott in der Stimme sich dem Marchese gegenüber die kühne Frage erlaubt hatte: »Ist es wahr, daß Sie eine Kartoffelsammlung haben?«

Graf Edoardo degli Urgenti war es aber gewesen, der durch das Hochziehen seiner Augenbrauen dem Faß den Boden ausschlug. Jene leichte Bewegung der Augenbrauen, die so bezeichnend und vielsagend war, ging dem Marchese schrecklich auf die Nerven, und er hielt sie für schlimmer als jede noch so grobe Beleidigung in Worten.

So lud der Marchese Gismondo di Valleguscio die Ungläubigen an jenem Abend zum Essen ein. Aber erst nach dem Kaffee faßte er den endgültigen Entschluß.

»Meine Herrschaften«, sagte er und umschloß dabei alle Anwesenden, die sich erhoben hatten, mit einem Blick, »nun werde ich Ihnen etwas zeigen, was sich nicht einmal die glühendste Phantasie ausmalen kann.«

Alle waren sehr gespannt, und in mehr als einem der Gesichter wichen Ungläubigkeit und Gleichgültigkeit der Erregung.

Der Marchese bedeutete den Gästen, ihm zu folgen. Nachdem er eine Tapetentür geöffnet hatte, betraten die Gäste das Juwelenkabinett. Ein einfacher Tisch stand in der Mitte. An den Wänden befanden sich etwa ein Dutzend Panzerschränke. Das Zimmer lag im Halbdunkel. Eine Lampe beleuchtete die mit schwarzem Samt bedeckte Tischfläche.

Nachdem der Marchese einen der Panzerschränke aufgeschlossen hatte, entnahm er ihm ein Kästchen und stellte es auf den Tisch. Er öffnete es, und die erstaunten Gäste erblickten ein Dutzend wundervoller, edelsteinbesetzter Schmuckstücke. Ein leises Murmeln der Überraschung ging durch die kleine Gruppe.

Nur Graf Edoardo degli Urgenti zog die rechte Augenbraue hoch.

»Meine Herrschaften«, sagte der Marchese lächelnd, »Ihr Staunen ist fehl am Platze. Es handelt sich um ganz gewöhnliche Edelsteine. Sie sind zwar schön und auch wertvoll, aber nichts Besonderes. Sie haben keine Geschichte.«

Er stellte die Schmuckstücke wieder in den Panzerschrank und holte aus dem zweiten eine andere Schatulle.

Steine von unerhörter Schönheit kamen zum Vorschein.

»Auch diese haben keine Geschichte«, sagte der Marchese lächelnd. »Wirklich kostbare Stücke müssen außer ihrer Schönheit und Seltenheit ihr eigenes Leben haben. Edelsteine sind erst dann wirklich wertvoll, wenn sie eine Schaden oder Glück bringende Kraft ausstrahlen, meine Herrschaften. Hier ist eines der seltensten Stücke meiner Sammlung«, sagte der Marchese und zeigte einen riesigen Rubin. »Die wohltätige Kraft dieses Steines ist gewaltig. Wer immer ihn besaß, hatte Glück. Seinem ersten Besitzer brachte er ein Reich, den anderen Wohlstand und Gesundheit. Nun ist er mein, und dank seiner wohltätigen Kraft besitze ich die kostbarste Sammlung der Welt.«

Die Gäste blieben unbeweglich, die Augen weit aufgerissen, gleichsam hypnotisiert.

Nur Graf Edoardo degli Urgenti zog seine rechte Augenbraue hoch.

Der Ausländer, den der Marchese in Cannes kennengelernt hatte, fand schließlich die Kraft, um ein Glas Wasser zu bitten.

Der Butler brachte das Wasser, und gleich darauf holte der Marchese aus einem anderen Panzerschrank ein anderes Kleinod.

»Ein Smaragd, wie Sie noch keinen gesehen haben«, sagte der Marchese und legte eine Goldbrosche mit einem Smaragd von ungewöhnlichen Ausmaßen unter die Lampe. »Auch dieser hat eine Geschichte. Seine schadenbringende Kraft ist unfehlbar, wenn auch nicht schlimm. Ein Diamantensucher fand ihn, ein gewisser Smith, und als er sich danach bückte, zerriß seine Hose so, daß sie nicht mehr geflickt werden konnte. Er verkaufte ihn zwei Jahre später einem Züchter von Pekinesen, und der Käufer schüttete sich ein Tintenfaß über sein neues Hemd. Er schrieb die Sache nicht dem Smaragd zu, und ein Jahr darauf brannten sämtliche Sicherungen seiner elektrischen Anlage durch. Erst als sich in seiner Tasche eine Schachtel Streichhölzer entzündete, entschloß er sich, den Stein loszuwerden. Der Herzog Dacaffè kaufte ihn und ließ seinen Regenschirm in der Straßenbahn stehen. Nun ist er eines der schönsten Stücke meiner Sammlung.«

Der Ausländer, den der Marchese in Cannes kennengelernt hatte, erbleichte und klammerte sich ängstlich an den Arm seiner Gattin.

»Schrecklich!« flüsterte er. »Laß uns gehen: meine Hosenträger sind gerissen.«

Das Paar verließ auf Zehenspitzen das Gemach.

Ein Lächeln der Genugtuung erhellte das Gesicht des Marchese.

Die anderen Gäste bewunderten schweigend das Juwel.

Nur Graf Edoardo degli Urgenti zog die rechte Augenbraue hoch.

»Mir reicht es«, flüsterte der Wollfabrikant und ging mit seiner Tochter hinaus.

»Aber ich habe Ihnen noch nicht das wichtigste Stück meiner Sammlung gezeigt«, sagte der Marchese Gismondo di Valleguscio, während das breite Lächeln der Genugtuung noch immer sein Gesicht verklärte.

Dem letzten Panzerschrank entnahm er ein kleines Etui und trug es unter die Lampe.

»Sie haben sicher vom Cullinan-Diamanten gehört«, sagte der Marchese, ehe er das Etui öffnete.

»Er ist berühmt«, sagte der Juwelier.

»Zugegeben«, antwortete der Marchese, »aber der Cullinan wirkt mit diesem hier verglichen lächerlich, er ist nur etwas größer als eine Erbse.«

Langsam hob er den Deckel des Etuis, und ein Diamant von sagenhafter Größe erschien vor den verblüfften Augen des Juweliers.

»Der große Komet«, flüsterte der Marchese, »siebenhundertsechsundzwanzig Karat, gegen die fünfhundertsechzehn des Cullinan und die dreihundertachtzehn des ›kleinen Kometen‹, der ja auch zu meiner Sammlung gehört.«

Der Juwelier erbleichte.

Nur Graf Edoardo degli Urgenti zog die rechte Augenbraue hoch.

Der Marchese Gismondo di Valleguscio schaute ihn an, und dicke Schweißtropfen perlten von seiner Stirn.

»Die verhängnisvolle Kraft dieses Diamanten ist außerordentlich«, sagte er, »er bringt Tod und Verderben, Blut und Gift. Der Kaiser von Gustavia entfesselte einen Krieg, um sich dieses Steines zu bemächtigen, siegte und schenkte ihn der Kaiserin, die wenige Monate später von Löwen verschlungen wurde. Der Diamant wurde Eigentum des Großherzogs Filippo dei Consulti, der von seinen Untertanen erdolcht wurde. Die Baronin Garisenda del Gas wollte den Stein erwerben, aber ein Taifun überfiel sie: sie kam in den Fluten um. Ihr Erbe fiel aus dem Luftschiff, als er den Stein von Amerika nach England brachte. Der Herzog von Bertan kam durch giftige Pilze ums Leben. Die Macht dieses Diamanten ist schrecklich: Verbrechen und Selbstmorde, Tod und Verderben bringt er.«

Der Juwelier senkte den Kopf, Gräfin Gisalberta Maddalena Clarissa blickte den Grafen Edoardo degli Urgenti an.

Graf Edoardo degli Urgenti zog die rechte Augenbraue hoch.

»Nun?« fragte der Marchese und starrte den Grafen aus funkelnden Augen an. »Genügt es Ihnen immer noch nicht?«

»Ammenmärchen«, sagte Graf Edoardo degli Urgenti gelassen. »Unheilbringende Kraft? Stuß!«

»Was heißt Stuß?« stammelte der Marchese, bleich vor Wut.

»Seit wieviel Jahren besitzen Sie den Diamanten?« fragte der Graf.

»Seit fünf Jahren!« sagte der Marchese.

»Was faseln Sie dann dauernd von Unheil, Blut und Verderben und von verhängnisvoller Kraft? Sie leben ja noch, will mir scheinen. Also ist es überhaupt nicht der große Komet, den Sie so gerühmt haben.«

»Ist es nicht? Mein ...«, brachte der Marchese gerade noch hervor. Schweiß rann ihm von der bleichen Stirn, dann überzog flammende Röte sein Gesicht, die Halsadern schwollen an.

»Sie wagen es, immer noch zu zweifeln!« stieß er hervor, während er am ganzen Körper zitterte.

Dann faßte er sich wieder, richtete sich auf, betrachtete den Diamanten, und sein Blick wurde sanft.

»Großer Komet«, sagte er, »du lügst nie. Jetzt werde ich es ihm zeigen.«

Langsam öffnete er die Tischschublade, ergriff dann rasch einen Revolver, richtete ihn gegen die Schläfe und drückte ab.

»Er hatte doch recht«, sagte Gräfin Gisalberta Maddalena Clarissa und erhob sich.

Der Minister trat ein und ließ sich den Applaus der eleganten Gesellschaft lächelnd gefallen. Graf Babino Badade verbeugte sich und hieß den hohen Gast im Namen aller willkommen. Er hoffte, daß der Herr Minister im Anschluß an die feierliche Einweihung der neuen Streichholzschachtel einen angenehmen Abend verbringen würde. Er, der Graf, habe schon seit Jahren ein Mitglied der Regierung einladen wollen, nie aber die Gelegenheit dazu gehabt. Endlich fühle er sich durch die Erwerbung einer neuen Streichholzschachtel in der Lage, den Herrn Minister zu deren Einweihung einzuladen.

Der Minister dankte bewegt und sprach über die Zündholzindustrie und die Schwefelproduktion, erklärte sich gegen die Herstellung von Feuerzeugen und wies anhand statistischer Unterlagen nach, daß das Wachszündholz noch immer mehr in Gebrauch sei als das hölzerne. Er fand Worte der Anerkennung für die Künstler, welche die Streichholzschachtel mit ihren Kunstwerken schmücken, und schloß seine Rede unter dem frenetischen Beifall aller Gäste.

Dies alles hat zwar keine Bedeutung für den Verlauf unserer Erzählung, aber es ist in diesem Falle gut, wenn die Umgebung, in der die Geschichte ihren Anfang nimmt, kurz skizziert wird.

Der Minister ließ sich also, nachdem der Beifall verrauscht war, die Wachszündholzschachtel überreichen und ritzte mit dem Daumennagel die Steuerbanderole auf, während das Orchester die kaiserliche Hymne spielte. Er öffnete die Schachtel, entnahm ihr ein Wachszündhölzchen, steckte es an und hielt die Flamme an die Zigarette der Gräfin Badade. Die Gäste fingen wieder zu klatschen an. Während ihm die Gräfin gerührt dankte, gab er die Schachtel dem Grafen Babino zurück und schritt am Arm der Gräfin zum Büfett.

An dieser Stelle verlieren wir ihn aus den Augen. Das Gedränge um das Büfett erlaubt uns nicht, dem Minister und seiner liebenswürdigen Begleiterin zu folgen. Im übrigen interessiert uns sein ferneres Tun nicht mehr; wir können ihn beruhigt seinem Schicksal überlassen.

Wir haben nun vielmehr Gelegenheit, uns umzuschauen. Die Gäste im Hause des Grafen Badade sind lauter bekannte Persönlichkeiten aus der Welt der Literaten, Politiker, Musiker und Anstreicher.

Im großen Saal tanzen die Paare im Rhythmus eines Samba; im rosa Salon wird an einigen Tischen Bridge gespielt, und am Büfett prosten sich die Gäste mit Champagner zu.

Fröhlichkeit und gute Laune herrschen an diesem Abend im Hause des Grafen Babino, und Graf Babino Badade reißt sich förmlich in Stücke, um die Gäste zu unterhalten: ein wahrhaft vollendeter Gastgeber.

Soeben spricht er mit einem etwa fünfzigjährigen Herrn. Es ist Professor Ugo Dodonda, Ordinarius für Randbemerkungen an der Universität, Spezialist für orientalische Satzzeichensetzung, ein in der ganzen kulturellen Welt angesehener Mann.

»Ich glaube nicht daran«, sagt Professor Dodonda.

»Und doch«, sagt Graf Babino Badade, »muß etwas Wahres daran sein. Sehr oft trifft das ein, was geschrieben steht. Ich möchte sogar behaupten: immer. Ich kann Ihnen Hunderte von Beispielen nennen.«

»Zufall«, sagt der Professor, »nichts als Zufall. Was die Vergangenheit betrifft, ist es möglich, daß eine Spur zurückbleibt, aber was die Zukunft betrifft, so glaube ich es abstreiten zu müssen.«

»Und doch sind Sie für Ihre Fähigkeit, aus der Hand zu lesen, bekannt«, sagt der Graf.

»Auch das ist eine Wissenschaft, davon bin ich überzeugt«, sagt der Professor, »aber nur in bezug auf die Vergangenheit. Hinsichtlich der Zukunft bin ich skeptisch. Ich dürfte es natürlich nicht sein, da ich ja nach der Meinung der Leute der beste Chiromant der Gegenwart bin, auch wenn ich diese Kunst nicht berufsmäßig ausübe. Trotzdem habe ich kein Vertrauen dazu. Sehen Sie, Graf, ich habe mir selbst aus der linken Hand gelesen.«

Der Professor zeigt dem Grafen seine linke Handfläche.

»Und Sie haben nichts enträtselt?« erkundigt sich der Graf.

»Bis gestern schon«, antwortet der Professor, »aber im Hinblick auf die Zukunft weigere ich mich unter allen Umständen zu glauben, daß ich morgen sterben werde.«

»Morgen?« fragt der Graf und starrt den Professor entsetzt an.

»Ja, morgen«, sagt der Professor lächelnd. »Aber ich bin fest davon überzeugt, daß es nicht so kommen wird. Sie werden bemerkt haben, daß ich, wenn jemand mich bittet, ihm aus der Hand zu lesen, seine Neugier gern befriedige. Doch nicht ohne die Einschränkung, daß alles, was ich ihm sage, nach meiner Überzeugung nicht eintreffen wird.«

»Das ist aber ein merkwürdiges Verhalten für einen Chiromanten«, sagt der Graf. »An Ihrer Stelle würde ich mich jedenfalls morgen sehr in acht nehmen.«

Der Professor beginnt zu lachen. »Nicht nötig. Mir geht es ausgezeichnet. Ich habe mich gesundheitlich noch nie so wohl gefühlt wie augenblicklich.«

»Das freut mich für Sie«, sagt der Graf, »wenngleich Ihre Mitteilung mich ziemlich beunruhigt. Ich glaube nämlich an diese Dinge.«

»Lieber Professor«, ruft auf einmal Gräfin Gina Donaguizzo, wendet sich dann an eine Gruppe von Freundinnen und sagt: »Kommt, Kinder! Der Professor liest aus der Hand.«

Eine Schar junger Damen umringt die zwei Herren. Alle halten die Hand hin, aber der Professor entzieht sich ihnen verlegen.

»Ach, bitte, Herr Professor, nur ein bißchen!«

»Ich möchte wissen, ob mein Bräutigam mich liebt!«

»Sagen Sie mir nur, ob ich verreisen soll!«

»Meine verehrten Damen«, sagt der Professor, »wenn Sie es wünschen, stehe ich Ihnen gern zu Diensten. Aber ich mache Sie darauf aufmerksam, daß ich kein Wort von dem glaube, was ich aus Ihren Händchen lesen werde.«

Alle lachen und denken, daß der Professor scherzt. Die Gräfin hält zuerst die Hand hin, und der Professor beugt sich darüber.

»Sie werden baden gehen«, sagt er, »haben keinen Schirm mit, und auf dem Heimweg wird es regnen. Was die Vergangenheit betrifft, so haben Sie vor zwei Jahren einen Entenbraten anbrennen lassen.«

»Wahrhaftig!« sagt Gräfin Gina Donaguizzo verdutzt, »Sie haben es erraten.«

»Nicht erraten«, sagt der Professor, »hier steht es.«

Und er berührt mit dem Finger die Hand der Gräfin.

»Und was bringt die Zukunft?« fragt die Gräfin klopfenden Herzens.

»Ich sehe ein Unglück«, sagt der Professor. »Die Puderdose wird Ihnen aus der Hand fallen und die Glasplatte Ihres Toilettentisches zerbrechen.«

»Oh, ich Arme!« ruft die Gräfin sichtlich beeindruckt. »Das reicht mir. Ich fürchte, Sie sagen mir sonst noch Schlimmeres.«

»Keine Sorge«, sagt der Professor. »Ich glaube nicht, daß es geschehen wird.«

Er liest in der Hand einer anderen jungen Dame.

»Ihr Gatte«, sagt er, »hat voriges Jahr zu enge Schuhe getragen.

Sie werden ein Paar Nylonstrümpfe einbüßen und ungefähr eineinviertel Stunden im Fahrstuhl eingeschlossen bleiben.«

»Sie prophezeien ja lauter Katastrophen«, sagt die Dame. Und alle gehen beunruhigt auseinander, denn sie glauben an solche Dinge.

»Sie haben wie immer Erfolg gehabt«, sagt Graf Babino Badade, »übrigens zu Recht. Auch ich glaube an solche Dinge.«

»Das sollten Sie nicht tun«, sagt der Professor.

Doch der Graf streckt ihm seine linke Hand hin, und der Professor beugt sich darüber. Dann blickt er zum Grafen auf und schüttelt den Kopf.

»Sie haben gesagt, daß Sie an solche Dinge glauben«, sagt er.

»Gewiß habe ich das, und ich wiederhole es ausdrücklich«, sagt der Graf.

»Dann kann ich Ihnen leider nichts sagen.«

Der Graf wird bleich und starrt den Professor an.

»Sie können sich doch nicht weigern, mir zu sagen, was Sie in meiner Hand gelesen haben«, sagt er, »Sie sind doch mein Gast.«

»Ich habe nichts Besorgniserregendes herausgelesen«, stammelt der Professor, aber es ist offensichtlich, daß er nicht die Wahrheit spricht, und der Graf gibt sich nicht damit zufrieden.

»Es muß mir wohl etwas Ernstes zustoßen«, sagt der Graf, »und da muß ich Vorsichtsmaßregeln treffen. Wenn ich aber nichts weiß, kann ich mich nicht davor hüten. Ich werde Sie für alles, was mir passiert, verantwortlich machen.«

Der Professor zögert eine Weile und versucht dann, den Grafen zu überzeugen, daß es doch lauter Phantasien seien und daß man keinesfalls ernst nehmen dürfe, was man aus der Hand liest.

»Wenn Sie es aber unbedingt wünschen«, sagt der Professor, »bin ich gezwungen, Ihnen mitzuteilen, daß Ihr Tod für heute nacht in Ihren Linien geschrieben steht.«

Der Graf wird sofort unruhig, doch der Professor bricht in Lachen aus.

»Stellen Sie sich nur vor«, sagt der Professor, »daß ich morgen sterben soll. Unsinn! Es ist völlig lächerlich. Ihnen wie mir geht es ausgezeichnet. Haben Sie irgendein Leiden?«

»Nein«, antwortet der Graf gepreßt. »Aber wenn meine letzte Stunde geschlagen hat, werde ich mich fügen. Dann hat es eben das Schicksal so gewollt.«

Der Professor klopft ihm auf die Schulter und versucht ihn zu beruhigen.

»Morgen werde ich vorbeikommen«, sagt er, »ich bin sicher, daß Sie lebendiger sein werden denn je.«

»Kommen Sie nur«, sagt der Graf, »ich wette, Sie treffen mich nicht mehr unter den Lebenden an.«

»Abgemacht«, sagt der Professor.

Unterdessen nähert sich das Fest dem Ende. Alle gehen zufrieden nach Hause. Der Minister ist schon vor längerer Zeit gegangen, nachdem er sich von Graf und Gräfin Badade herzlich verabschiedet hat.

Die Villa wird geschlossen, die Lichter verlöschen. Es ist schon drei Uhr morgens.

Auch wir wollen schlafen gehen.

Erst gegen elf Uhr verläßt Professor Dodonda das Haus. Er erinnert sich an die Wette der vergangenen Nacht, und wenig später läutet er an der gräflichen Villa. Alles scheint noch zu schlafen. Nichts rührt sich, keine Menschenseele läßt sich blicken. Den Professor überläuft es kalt, und einen Augenblick lang denkt er, daß seine Prophezeiung vielleicht doch wahr geworden sein könnte.

Aber da öffnet sich die Türe. Der Graf selbst erscheint auf der Schwelle und verbeugt sich lächelnd. Ein Seufzer der Erleichterung – dann läßt der Graf den Professor eintreten.

Da ist der Salon. Die Überbleibsel des Festes liegen noch herum. Sie gehen in die Bibliothek.

»Ich habe die Wette gewonnen«, sagt der Professor, »sehen Sie, ich hatte recht. Sie sollten diese Nacht sterben und ich heute. Die Nacht ist vorüber, und Sie leben noch.«

Der Graf lächelt.

»Es ist geschehen, nachdem der letzte Gast gegangen war. Ich weiß nicht, wie er hereingekommen ist, und ich war auf nichts gefaßt. Er hat alles geraubt, was im Geldschrank war.«

»Wie bitte?« fragt der Professor verblüfft.

Der Graf lächelt unbeirrt.

»Sie haben gar nichts gewonnen«, sagt der Graf, »ich, der ich an diese Dinge glaubte, hatte recht.«

»Wieso recht?« stammelt der Professor und erbleicht.

Da dreht sich der Graf langsam um, und der Professor erblickt in seinem Rücken den Griff eines Dolches. Der Professor reißt die Augen auf, die Halsschlagadern schwellen an, sein Gesicht wird violett. Er greift sich an die Kehle und fällt dann mit verzerrtem Gesicht in einen Sessel.

Es ist nicht schwer zu erraten, daß ein Herzschlag ihn auf der Stelle getötet hat.

Einige Stunden später behauptet ein Passant gesehen zu haben, wie der Graf und der Professor langsam zum Friedhof gegangen seien. Sie hätten sich unterhalten, und er habe den Professor deutlich sagen hören: »Ein Zufall, lieber Graf. Ich versichere Ihnen: ein Zufall, vielmehr zwei Zufälle, Ihrer und meiner. Ich bin immer noch davon überzeugt, daß es lauter Hirngespinste sind.«

Das Geheimnis der Uhren

Die Geschichte begann am Morgen des 7. Oktober. Der Uhrmacher Otto Virgola Smith war das erste Opfer. Es war kurz vor acht, als der Uhrmacher sich zu seinem Geschäft begab. Er hatte schon die Schlüssel in der Hand, als er um die Straßenecke bog, um das Schutzgitter hochzuschieben, aber er hatte die Schlüssel nicht nötig. Das Schutzgitter war aufgerissen und das Schaufenster eingeschlagen worden; alle Uhren waren verschwunden. Der Uhrmacher Otto Virgola Smith meldete den Einbruch, und die Polizei suchte den Dieb. Sie fand ihn nicht, und die Angelegenheit wurde zu den Akten gelegt. Uhrmacher Smith konnte eine kleine Versicherungssumme einstreichen, und der Einbruch wurde wie alle Delikte dieser Art vergessen.

Am 12. Oktober wurde der Laden des Uhrmachers Frik vom gleichen Schicksal ereilt. Die Schutzgitter waren heruntergerissen und alle Uhren verschwunden. Das Geschäft war völlig ausgeplündert. Nicht eine einzige gute Uhr war der Aufmerksamkeit des Diebes entgangen. Er hatte nur eine alte Uhr, die seit Jahren nicht mehr ging, zurückgelassen. Die Polizei gab sich große Mühe, durchsuchte die Hinterhöfe und Schlupfwinkel, verhaftete mehrere Hehler, mußte aber alle Verhafteten wieder freilassen.

Ein drittes Uhrengeschäft, ein großer Laden, vielleicht der angesehenste der Stadt, wurde in der Nacht zum 18. Oktober ausgeplündert. Vom 22. bis zum 26. Oktober wurden zwei weitere Uhrengeschäfte restlos ausgeräumt. Die in Alarm versetzte Polizei durchstöberte die ganze Stadt und verhaftete Hunderte von verdächtigen Personen, beschlagnahmte Uhren und legte sie den Beraubten vor. Keine Uhr wurde identifiziert.

Die Anzahl der verschwundenen Uhren war ungeheuer.

Irgendwo mußten die Uhren versteckt sein! Irgendein Hehler mußte doch die gestohlenen Uhren weiterverkauft haben! Polizisten in Zivilkleidung patrouillierten durch die Stadt und hielten die Leute an, um nach der Zeit zu fragen. Sie achteten dabei genau auf die Uhren der Angehaltenen.

Aber keine besaß die Merkmale einer der gestohlenen Uhren.

Die Panik unter den Uhrmachern war ungeheuer. Die Schutzgitter der Geschäfte wurden durch neue Schlösser gesichert, Nachtwächter angestellt und die Läden Tag und Nacht von Sonderstreifen bewacht. Alle ins Ausland gehenden Gepäckstücke wurden geöffnet – ohne Resultat. Von den Uhren fehlte die geringste Spur. Sie hatten sich in nichts aufgelöst.

In der Nacht zum 9. November sah ein Nachtwächter eine Männergestalt aus einem Uhrenladen kommen. Das Schaufenster war zertrümmert. Der Wächter lief dem Mann nach, verlor ihn jedoch nach wenigen Minuten aus den Augen. Er konnte den Dieb nicht beschreiben: das nächtliche Dunkel hatte es ihm nicht gestattet, besondere Kennzeichen festzustellen. Er war normal groß – mehr konnte der Wächter nicht aussagen. Für einen gewöhnlichen Sterblichen schien die Schnelligkeit seiner Flucht allerdings außerordentlich zu sein. Der Nachtwächter schwur, daß jener Mann weder Koffer noch Säcke, noch irgend etwas von größerem Umfang bei sich gehabt habe. Und doch war die Menge der gestohlenen Waren sehr beachtlich. Es wurden Nachforschungen in der Umgebung des ausgeplünderten Geschäftes angestellt, aber man entdeckte nicht einmal einen Schimmer des Diebesgutes.

Die Wachsamkeit wurde verhundertfacht. Die Besitzer der Uhrenläden schliefen in den Geschäften, den geladenen Revolver neben sich.

In der Nacht zum 15. November suchte der Einbrecher eine kleine Uhrmacherwerkstatt auf. Auch in jener Nacht wurde er von den Wächtern kurz gesichtet, die wie toll hinter ihm her schossen. Sie schwuren, daß er getroffen worden sei. Aber auf seiner außergewöhnlich schnellen Flucht hinterließ der Dieb keinerlei Blutspur. Auch in jener Nacht machte die Finsternis den Wächtern eine Personalbeschreibung des Mannes unmöglich. Sie konnten nur aussagen, daß er kein Bündel, keinen Koffer und auch keine Aktentasche bei sich gehabt habe. Es hatte den Anschein, als ob er ohne seine Beute davongegangen sei. Und doch war keine einzige Uhr in dem kleinen Geschäft zurückgeblieben.

In der Nacht zum 20. November verschwanden sieben Straßenuhren. Alle Polizeikräfte der Stadt wurden eingesetzt. Die Zufahrtswege wurden abgesperrt. Polizeistreifen zogen Tag und Nacht durch die Straßen.

Vier weitere Straßenuhren verschwanden in der Nacht zum 24. November. Die geheimnisvolle Gestalt wurde von einer Garbe aus der Maschinenpistole eines Polizeioffiziers getroffen. Wieder keine Blutspuren. Einem Auto, das die Verfolgung aufnahm, gelang es nicht, die geheimnisvolle Gestalt auf der Flucht einzuholen; sie lief schneller als ein Auto.

Die Uhrmacher lehnten sich geschlossen gegen die Polizei auf, die ihre Ohnmacht zugab. Erst am 30. November stürzte keuchend ein alter Mann ins Büro des Polizeikommissars und sagte, er habe wichtige Aufklärungen zu geben. Er war völlig verwirrt und weinte.

»Eisenhans ... die Uhren ...«, stammelte er. »Man muß ihn sofort fangen ...«

Man bat den alten Mann, sich in einen Sessel zu setzen, brachte ihm Kamillentee und wartete, bis er sich beruhigt hatte.

»Sie müssen sofort hinter ihm her!« rief er, während ihm dicke Schweißtropfen von der Stirn rannen. »Mit einem Magneten!«

»Einem Magneten?« fragte der Kommissar erstaunt.

»Ja, einem Magneten«, sagte der Alte, »nur damit können Sie ihn verhaften.«

»Wollen Sie mir nicht verraten, um was es sich handelt?« sagte der Kommissar, »und seien Sie unbesorgt: wir werden ihn mit oder ohne Magneten kriegen.«

»Er ist mein Lebenswerk«, begann der Alte, »dem Eisenhans habe ich mein ganzes Studium gewidmet: vierzig Jahre Studium und Arbeit. Meine Herren«, erklärte der alte Mann, während er sich in seinem Sessel aufrichtete, »ich habe den vollkommenen Automaten geschaffen, ja, zur Welt gebracht.«

»Den Automaten?« fragte der Kommissar.

»Ja, den künstlichen Menschen«, sagte der Alte, »Eisenhans, den Menschen, der ganz und gar aus Metall besteht, den Menschen, der eine Seele besitzt, der spricht, geht, arbeitet und sich in allem wie ein normaler Mensch benimmt. Er hat eine Seele, meine Herren. Ich habe andere künstliche Menschen gesehen, aber keiner hat eine Seele! Eisenhans hat eine eigene Seele und einen eigenen Willen.«

Der Kommissar lächelte, alle anderen lächelten und schüttelten ungläubig den Kopf. Wahrscheinlich war der Alte aus dem Irrenhaus fortgelaufen.

»Deshalb können Sie ihn nur mit einem Magneten fangen«, sagte der Alte, »Sie können mit Revolvern oder Maschinenpistolen auf ihn schießen: durch seine Adern fließt kein Blut, nur Schmieröl.«

»Und was hat das mit den Uhren zu tun?« fragte der Kommissar. Der Alte senkte den Kopf.

»Das ist so«, erwiderte er, »Eisenhans hat außer einer Seele auch einen Magen, Eingeweide und Gedärme. Er ist durch und durch ein Mensch wie wir. Aber er besteht aus Metall. Aus Gußeisen, Stahl und Aluminium. An jenem Tage, da mir klar wurde, daß ich mein Ziel erreicht, daß ich das Werk vollbracht hatte, mußte ich ihm nur noch das letzte Getriebe einsetzen, damit der Mechanismus in allen seinen Teilen funktionierte. Für mich war es ein dramatischer Augenblick. Es ging um den letzten kleinen Schritt zum Ziel, für das ich mein Leben lang gearbeitet hatte. Sicher können Sie sich vorstellen, wie mir da zumute war: entweder Ruhm oder Tod standen mir bevor. Mein Entschluß war gefaßt. Ich fieberte und hatte den entscheidenden Augenblick schon tags zuvor aufgeschoben. Ich befürchtete das Scheitern meines Werkes. Statt dessen ...«, der Alte wischte sich den Schweiß von der Stirne. »Zitternd«, fuhr er fort, »setzte ich das letzte Getriebe ein. Da richtete sich der Automat nach und nach auf und lächelte mich mit metallenem Gesicht an. Ich wurde ohnmächtig. Als ich wieder zu mir kam, stand er über mich gebeugt und streichelte mir mit seinen kalten Händen die Stirn.

›Ich beglückwünsche mich‹, sagte er und reichte mir die Hand; und das war die schönste Genugtuung für mich. Er beglückwünschte sich selbst zu meinem Werk, zu dem Erfolg, der mir beschieden war. Ein Erfolg, meine Herren, der alle Erwartungen übertraf.

›Wie geht es dir?‹ fragte ich.

›Gut‹, sagte er, ›ausgezeichnet.‹ Er ging im Laboratorium auf und ab und machte dabei ein paar Kniebeugen. ›Du hast ein Meisterwerk vollbracht‹, sagte er, ›die Bewegungen machen mir keinerlei Schwierigkeiten. Es ist alles in bester Ordnung.‹

›Ich werde dir einen Namen geben müssen‹, sagte ich.

›Eisenhans‹, antwortete der Automat, ›das ist der passendste Name.‹

›Einverstanden, Eisenhans‹, erwiderte ich. Ich zog meine Uhr aus der Tasche. Es war dreiundzwanzig Uhr vier. Eisenhans starrte auf die Uhr, leckte sich die Lippen, nahm mir die Uhr aus der Hand und riß sie von der Kette ab.

›Sie muß sehr gut sein‹, sagte er, ›ich habe einen Bärenhunger.‹

Er steckte sie in den Mund, kaute und schluckte sie hinunter. Er sagte, es sei ein Leckerbissen, etwas Köstliches. Sie war ein teures Familienerbstück, aber es war mir egal. Ich hätte Eisenhans, meinem Geschöpf, alles gegeben. Eisenhans schaute sich um. Meine Uhr hatte seinen Appetit angeregt. Ich stellte fest, daß mein Werk wirklich vollkommen war. Sogar der Magen arbeitete prächtig. Ich gab ihm noch eine zweite Uhr, einen kleinen Wecker. Er vertilgte ihn mit entsetzlicher Gefräßigkeit. Ich hielt schnell noch eine Wanduhr für ihn bereit. Die machte ihn satt, aber nicht einmal besonders.

Ich kaufte alte, abgelegte Uhren und Uhrwerke auf. Als ich ihm diese Dinger brachte, verzog er vor Abscheu das Gesicht. ›Soll ich etwa dieses alte Zeug essen?‹ sagte er. ›Ihr eßt doch auch keine verdorbenen Fische!‹

Er wollte frische Ware, Uhren, die liefen, ›lebendige‹, wie er sagte. Er zog sie zuerst auf und aß sie nur, wenn er das Ticken ihres Mechanismus hörte. Ich kaufte ihm zwei Kilo Armbanduhren. Es war nicht genug. Mein ganzes Geld gab ich für Uhren aus; doch sein Hunger war unersättlich. Wir zankten uns. Er meinte, wenn ich ihn zum Hungerleiden erfunden hätte, wäre es besser gewesen, ihn überhaupt nicht zu erfinden. Ich war ratlos. Eines Nachts ging er davon.

Tags darauf erfuhr ich, daß er einen ganzen Uhrenladen aufgefressen hatte. Ich versuchte alles, um ihn von seinen Unternehmungen abzubringen, aber ich konnte ihn nicht zwingen, zu hungern. Nachts ging er fort, und niemand konnte ihn festhalten. So flink und stark war er. Mit einer Hand zerriß er ein Schutzgitter, als sei es Papier.

Alles Weitere wissen Sie selbst. Er verschlang eine Unmenge von Uhren, und als die Geschäfte bewacht wurden, machte er sich über die Straßenuhren her, jedoch mit wenig Begeisterung. Sie waren nicht nach seinem Geschmack. Er liebte das Knusprige, wie er sagte, die kleinen Armbanduhren, allenfalls noch die eine oder andere Büfettuhr.«

»Und wo ist er jetzt?« wollte der Kommissar wissen, während er sich erhob und den Alten streng anblickte.

Der Alte ließ den Kopf hängen, und große Schweißtropfen perlten ihm erneut von der Stirn. Er zerknüllte mit zitternden Händen sein Taschentuch.

»Man muß ihm nach, ihn mit einem Magneten fangen«, stammelte er.

»Wohin ist er denn gegangen?«

»In die Schweiz«, sagte der Alte und wurde ohnmächtig.

Der Kommissar gab Alarm. Überfallkommandos, die mit Magneten ausgerüstet waren, fuhren in Richtung Grenze. Sie fanden ihn verlassen auf einem Feld neben der Straße. Kraftlos und kalt. Am Tag vorher hatte es geregnet, und die schreckliche Rostkrankheit war im Begriff, ihn zu verzehren. Er hatte kaum die Kraft, dem Alten zuzulächeln, der sich auf die Knie warf und ihn schluchzend umarmte.

Fröhliche Stimmung herrschte an jenem Abend im Hause von Herrn Usuello Basco Freddo. Es war wirklich ein sorgloser Abend. Herr Usuello strömte Heiterkeit aus allen Poren aus, und seine Frau Entusiasta strahlte. Es war das beste Abendessen im ganzen Umkreis. Entusiasta hatte es selbst zubereitet. Jeder Gang wurde mit freudigen und bewundernden Ausrufen begrüßt, jede Speise wurde eingehend gewürdigt. Die Damen baten um technische Einzelheiten über den besten Rostbraten Europas; die Herren ließen sich die Speisen munden, deren würziger Geschmack ihrem Gaumen neuartige Reize verschaffte.

Frau Entusiasta servierte selbst. Fremden war das Betreten der Küche untersagt. Alles war schon fertig: die vorbereiteten Gerichte brauchten nur geholt und aufgetragen zu werden. Das Personal hatte an jenem Tag Ausgang, und Frau Entusiasta hatte die Abwesenheit der Köchin dazu benutzt, in aller Heimlichkeit ihre Spezialgerichte zu machen.

Dann waren die Gäste gekommen, und das Essen begann, verlief und endete zur allgemeinen Zufriedenheit.

Es war ein einziger Triumph, der seinen Höhepunkt erreichte, als Huhn auf Samt und anschließend Tabakbraten serviert wurde. Danach gab es Süßspeisen, Käse, Obst und Eis.

Beim Kaffee wurde Entusiasta plötzlich bleich. Sie schaute die Gäste der Reihe nach an und erblaßte immer mehr. Sie betrachtete sie nochmals und fiel, da sie nicht noch bleicher werden konnte, in Ohnmacht.

Herr Usuello fing sie in seinen Armen auf, und die Gäste umringten bestürzt die Hausherrin.

Als Frau Entusiasta wieder zu sich kam, bat sie die Gäste, wieder am Tisch Platz zu nehmen, und flüsterte ihrem Gatten ins Ohr: »Zähle sie!«

Im stillen zählte Herr Usuello Basco Freddo die Anwesenden und sah seine Frau an.

»Wir sind dreizehn«, sagte er. »Ich habe von rechts nach links und von links nach rechts gezählt. Wir sind dreizehn.«

Frau Entusiasta nickte: »Genau dreizehn«, sagte sie. »Das ist schlimm. Es war falsch, sie nicht gleich zu zählen; dann hätte es sich vermeiden lassen.«

»Wie denn?« fragte ihr Mann. »Wir hätten keinen unserer Freunde wieder ausladen können.«

»Aber wir hätten einen vierzehnten Gast einladen können«, sagte Frau Entusiasta, »jetzt ist das Unglück geschehen.«

»Wir müssen es um jeden Preis wiedergutmachen«, sagte Herr Usuello, »ich glaube, keiner der Anwesenden möchte gerne bei Tisch der Dreizehnte sein.«

»Wie läßt es sich wiedergutmachen, da wir doch schon gegessen haben?« fragte Frau Entusiasta. »Wer weiß, welches Unglück jetzt über unser Haus kommen wird.«

Herr Usuello Basco Freddo stand auf.

»Meine Damen und Herren«, sagte er, »leider stelle ich eben erst fest, daß wir dreizehn sind.«

Ein Gemurmel erhob sich unter den Geladenen. Corinna Cartonaggi brach in Tränen aus. Gismondo Asciugamano riß sich ein Büschel weißer Haare aus und warf es unter den Tisch.

»Einer von uns muß gehen«, rief Domenico Frosesì und sprang verweifelt auf.

»Zu spät«, sagte Herr Usuello Basco Freddo, »wir haben schon gegessen.«

Da erhob sich Graf Baldo Moribondo und bat mit einer Handbewegung um Ruhe. Alle verstummten.

»Es gibt einen Ausweg«, sagte er. »Wir räumen den Tisch ab, decken ihn wieder neu und essen nochmals. Natürlich erst, wenn wir den vierzehnten Gast gefunden haben.«

Seine Worte entfesselten einen wahren Freudenausbruch. Frau Entusiasta traten vor Erleichterung die Tränen in die Augen. Sie stand auf und eilte in die Küche.

»Es läßt sich ausgezeichnet machen«, rief sie, wieder im Eßzimmer erscheinend, »wir haben eine Menge Reste. Los, Kinder! Ich richte sie in der Küche neu an, ihr helft abräumen und wieder decken.«

Alle machten sich voll Eifer an die Arbeit.

Herr Usuello stürzte ans Telefon und begann, im Telefonbuch zu blättern. Nach zehn Minuten kam er bleich und niedergeschlagen zurück.

»Um diese Zeit haben alle schon gegessen«, sagte er und schlug verzweifelt die Hände über dem Kopf zusammen. Den Anwesenden wurde angst und bange.

»Jemand muß gefunden werden«, sagte Graf Baldo Moribondo, »irgend jemand, egal wer. In zehn Minuten wird an diesem

Tisch der vierzehnte Gast sitzen. Ich verpflichte mich, ihn aufzutreiben.«

Graf Baldo Moribondo begab sich zur Garderobe, schlüpfte in seinen Überzieher und ging auf die Straße hinunter.

Zehn Minuten später kam er zurück. In Begleitung eines Mannes. Ein Fünfziger in elegantem dunklem Anzug. Er verbeugte sich und begrüßte alle Anwesenden, die ihn aufatmend betrachteten.

»Doktor Alticcio Rovinastri«, stellte Graf Baldo Moribondo vor. Doktor Alticcio Rovinastri lächelte allen zu, und sogleich kehrte die gute Stimmung ins Haus zurück.

Alle setzten sich wieder zu Tisch, und aus der Küche kam Frau Entusiasta freudestrahlend mit der Suppenterrine.

Doktor Alticcio Rovinastri sah sie an.

Da stolperte Frau Entusiasta über den Teppich und goß sich die ganze Suppe in den Ausschnitt.

»Macht nichts«, sagte sie lachend. »Hauptsache ist, wir sind vierzehn und nicht dreizehn. Nichts soll mehr die Fröhlichkeit aus diesem Hause vertreiben. Nun sind wir sicher, daß niemandem von uns etwas Unangenehmes zustoßen kann. Dank Doktor Alticcio Rovinastri, der so liebenswürdig ist, mit uns zu essen.«

Alle applaudierten Doktor Rovinastri, und Doktor Rovinastri lächelte.

»Haben Sie zu dieser Stunde wirklich noch nicht zu Abend gegessen?« fragte Corinna Cartonaggi, die zu seiner Rechten saß.

»Wirklich nicht«, sagte Doktor Alticcio Rovinastri. »Wissen Sie, ich hatte eine ganze Menge Einladungen für heute abend. Erst akzeptierte ich die Einladung des Grafen Arturo Brescia Periferia. Aber als wir uns zu Tisch setzten, merkten wir, daß wir dreizehn waren. Alle Gäste blickten mich an. Da stand ich auf, verabschiedete mich und ging. Ich rief den Industriellen Bettino Rivadestra an, der mich auch eingeladen hatte. Er war über meinen Anruf hocherfreut und sagte, ich sollte ja kommen. Als wir uns zu Tisch setzten, stellten wir fest, daß wir dreizehn waren. Alle richteten ihre Blicke auf mich, so mußte ich gehen. Es war schon spät, trotzdem wagte ich es, die herzogliche Familie Spesso Seduti anzurufen. Sie sagten, sie hätten mich wie eine Stecknadel gesucht, um mich doch noch zu bewegen, ihre Einladung anzunehmen, um so mehr, da sie im letzten Augenblick entdeckt hatten, daß sie zu dreizehnt waren. Ich solle schleunigst kommen, das Essen stehe schon auf dem Tisch. Ich ging schleunigst hin. Als ich eintrat, trug man gerade einen Gast hinaus, dem es schlecht geworden war. Ich wäre also der dreizehnte Gast gewesen. Alle blickten mich stumm an, und ich ging.«

»Aber warum mußten denn gerade Sie immer gehen?« erkundigte sich Domenico Frosesì.

Doktor Alticcio Rovinastri lächelte.

»Haben Sie gesehen, wie die Hausfrau die Suppenschüssel über sich ausgegossen hat?«

»Ja«, sagte Domenico Frosesì.

»Ich bin ein großer Unglücksbringer«, sagte Doktor Alticcio Rovinastri.

»Wunderbar!« rief Frau Entusiasta. »Ich habe noch nie einen gesehen. Wie machen Sie das?«

Doktor Alticcio Rovinastri zuckte die Achseln.

»Ich weiß es nicht«, sagte er. »Es geschieht ohne mein Zutun. Wenn Sie wünschen, daß ich fortgehe, so mache ich weiter keine Umstände. Ich weiß, es ist nicht angenehm, einen Unglücksbringer bei Tisch zu haben.«

Alle protestierten.

»Keinesfalls«, sagte Herr Usuello Basco Freddo, »wenn Sie gehen, sind wir wieder dreizehn, und wer weiß, was dann geschieht.«

»Danke«, sagte Doktor Alticcio Rovinastri, »wenn Sie durchaus wollen, bleibe ich gern.«

Die verschiedenen Gerichte wurden bei allgemeiner Heiterkeit aufgetragen. Alle Gäste aßen wieder mit Appetit und wollten von dem Neuankömmling wissen, was für unangenehme Ereignisse er schon einmal durch seine Gegenwart hervorgerufen habe. Doktor Alticcio Rovinastri erzählte bereitwillig.

»Ich bin nicht abergläubisch«, sagte Rubaldo Bloccasterzo. »Tatsächlich war ich der einzige, dem es nichts ausmachte, daß wir dreizehn waren. Und Unglücksbringer existieren nur für den, der daran glaubt.«

Doktor Alticcio Rovinastri lächelte und betrachtete den Kronleuchter.

Im selben Augenblick löste sich dieser von der Decke und stürzte unter lautem Getöse auf den Tisch.

Alle sprangen auf und riefen: »Wunderbar! Unglaublich!«

»Bravo! Wie haben Sie das gemacht?« fragte Frau Entusiasta.

»Entschuldigen Sie«, sagte Doktor Alticcio Rovinastri beschämt, »wenn Sie meinen, daß ich gehen soll ...«

»Keinesfalls«, rief Herr Usuello Basco Freddo, »wenn Sie gehen, sind wir wieder dreizehn!«

»Seien Sie doch nicht so töricht, gerade jetzt gehen zu wollen«, sagte Fräulein Corinna Cartonaggi, »jetzt, wo wir gerade eine Lösung gefunden haben.«

Das Telefon klingelte. Herr Usuello ging auf den Flur, um es abzunehmen.

»Sie werden am Telefon gewünscht«, sagte er, auf der Schwelle zum Eßzimmer stehend, und machte Domenico Frosesì ein Zeichen.

Als Domenico Frosesì zurückkam, hatte sich seine Miene verdüstert. »Ich bin vollkommen ruiniert«, sagte er. »Man hat mir soeben den Bankrott meiner Gesellschaft mitgeteilt.«

»Das tut mir aber leid«, sagte Doktor Alticcio Rovinastri und stand auf. »Ich gehe.«

»Wehe Ihnen, wenn Sie sich von der Stelle rühren!« rief Graf Baldo Moribondo. »Was geschehen ist, ist geschehen. Wenn Sie fortgehen, bleibt Herr Frosesì trotzdem ruiniert, und außerdem sind wir dann wieder dreizehn.«

Doktor Alticcio Rovinastri setzte sich wieder, und der Abend verlief ohne bedeutende Zwischenfälle, wenn man von den Nachrichten absieht, die allmählich über den Telefondraht zu den Gästen gelangten: Zusammenstöße sämtlicher Autobusse auf allen Linien, die Rubaldo Bloccasterzo gehörten, völlige Überschwemmung der Ländereien des Grafen Baldo Moribondo, Explosion des Badeofens im Hause von Fräulein Corinna Cartonaggi, Untergang aller vier Schiffe, deren Reeder Gismondo Asciugamano war. Und andere Kleinigkeiten, die nicht erwähnenswert sind.

Inzwischen war es zwei Uhr geworden. Das Essen war schon einige Zeit zu Ende, und die Gäste begannen aufzubrechen. Jemand verstauchte sich das Bein, als er am Arm Doktor Alticcio Rovinastris die Villa verließ, aber Herr Usuello Basco Freddo wollte bis zuletzt höflich bleiben.

Er machte die Garage auf und fuhr mit dem Wagen vor das Gartentor.

»Ich werde Sie nach Hause bringen«, sagte er zu Doktor Alticcio Rovinastri, und Doktor Alticcio Rovinastri stieg ein.

Langsam fuhr der Wagen an. Vor der Kurve blickte Herr Usuello Basco Freddo in den Rückspiegel.

Aus allen Fenstern seiner Villa schlugen rote Flammen. Der Brand mußte sich mit unglaublicher Schnelligkeit ausgebreitet haben.

War es die Überraschung? Der Schreck? Man weiß es nicht. Das

Auto geriet ins Schleudern, drehte sich um sich selbst und prallte mit voller Wucht gegen eine Mauer.

Doktor Rovinastri riß die Tür auf und stieg aus.

Dann beugte er sich über die Trümmer. Eine schwache Stimme erklang aus dem Wrack.

»Wer weiß, was alles geschehen wäre, wenn wir bei Tisch dreizehn gewesen wären«, sagte Herr Usuello Basco Freddo. »Jedenfalls danke ich Ihnen ...«

Und Herr Usuello Basco Freddo gab den Geist auf.

Das Kaffeeservice befindet sich im Hause von Tante Karoline an einem sicheren Ort.

Wir schauten es uns nur ganz selten an, wenn wir in uns den brennenden Wunsch verspürten, ein Kunstwerk zu bewundern.

Dann warteten wir, bis keiner mehr im Hause war. Wenn Tante Karoline einkaufen ging und es sicher war, daß sie lange genug fortblieb.

Auf Zehenspitzen schlichen wir in das dunkle Zimmer, öffneten vorsichtig den Schrank und schlugen die schön zusammengelegten Decken zurück, unter denen die Pappschachtel zum Vorschein kam.

Wir betrachteten sie eine Weile und nahmen dann den Deckel ab.

Auf Holzwolle gebettet, in Seidenpapier gewickelt, lagen da die Teile des Services. Wir nahmen mit angehaltenem Atem eines heraus, entfernten das Papier, und die Tasse erschien in ihrer strahlenden Schönheit. Es waren feinste weiße Porzellantassen mit vielen blauen Blümchen. Äußerst zerbrechlich.

Das Service war ein Hochzeitsgeschenk Tante Karolinens.

Als sie es erhielt, so erzählte uns Onkel August, sei Tante Karoline vom Anblick ganz entzückt gewesen. Das ganze Service mit allen zwölf Tassen, den zwölf Untertassen und der Zuckerdose sei auf dem großen Tisch im Eßzimmer aufgestellt worden.

Schließlich hatte sie die Teile wieder in Seidenpapier gewickelt und sorgfältig in den Karton gelegt.

Diesen hatte sie im sichersten Winkel des Schlafzimmerschrankes verborgen.

Seit damals hat niemand mehr das vollständige Service gesehen.

Tante Karoline sprach von ihrem Kaffeeservice wie von einer seltenen Kostbarkeit.

Und wenn jemand kam, servierte sie den Kaffee in den gewöhnlichen Tassen, armseligen Drei-Groschen-Tassen mit abgestoßenen Rändern.

»Entschuldigt«, sagte sie, »aber unser Service ist so fein, daß ich Angst habe, es könnte ein Stück zerbrechen. Und Einzelteile sind nicht mehr erhältlich.«

Sie ging ins Schlafzimmer, öffnete den Schrank, nahm eine Tasse und eine Untertasse heraus und kam zurück, um sie den Gästen zu zeigen.

Sie stellte Tasse und Untertasse überaus behutsam auf den Tisch, und alle betrachteten sie voll Bewunderung. Gelegentlich wagte ein Gast, die Tasse in die Hand zu nehmen und sie umzudrehen, damit er die Marke erkennen konnte.

»Rosenthal«, sagte er.

Dann hielt Tante Karoline den Atem an, ergriff schnellstens die Tasse und trug sie wieder in den sicheren Schlupfwinkel.

Es war immer dieselbe Tasse, die den Gästen gezeigt wurde; die oberste, gleich wenn man die Schachtel öffnete.

Die Repräsentiertasse. Und vor dieser immer leerbleibenden Tasse saßen die Gäste und schlürften den Kaffee aus den Drei-Groschen-Tassen mit den abgestoßenen Rändern.

Dennoch schien das ganze Service dazustehen.

Darum warteten wir, bis das Haus verlassen war, um von Zeit zu Zeit den Schrank zu durchstöbern und dieses Wunder, dieses Meisterwerk zu betrachten, das Tante Karoline wie eine Reliquie hütete.

Natürlich sollten wir uns von diesem zerbrechlichen Familienmonument fernhalten. Nach Tante Karolinens Ansicht könnte allein unsere Nähe im Umkreis von einem Meter bereits katastrophale Folgen haben.

Für uns war diese Tasse ein unerreichbarer Traum. Wir durften sie nur aus der Ferne sehen, eigentlich mehr ahnen als sehen. Und jedesmal verspürten wir den Wunsch, sie in die Hand zu nehmen, sie zu streicheln, ihre Durchsichtigkeit zu bewundern, wie es Tante Karoline immer tat, wenn sie die Tasse vor den Augen der Gäste gegen das Fenster hielt.

Aber es war verboten, denn wir waren Vandalen: wir machten doch nur alles kaputt, was uns in die Hände fiel.

Darum nützten wir die Augenblicke aus, da das Haus leer war, um auf Zehenspitzen in das Schlafzimmer zu schleichen, den Schrank zu öffnen, die Repräsentiertasse aus der Schachtel zu nehmen und sie in die Sonnenstrahlen zu halten, die durch den geschlossenen Fensterladen hereinfielen.

Da schillerte die Tasse in blauen und rosa Reflexen, und die gemalten Blümchen schienen zu leben. Die Sonnenstrahlen füllten die Tasse mit goldenem Staub.

Ich führte sie an die Lippen, schlürfte langsam und glaubte dabei zu fühlen, wie die Sonnenwärme in meinem Munde zerschmolz.

Eines bösen Tages geschah ein nicht wiedergutzumachendes Unglück.

Die Tasse glitt mir aus den Händen, fiel auf den Boden und zersprang in tausend Stücke.

Fassungslos stand ich vor dem Unglück. Dann las ich die Stücke eines nach dem anderen auf und wickelte sie in das Seidenpapier.

Das Scherbenpäckchen steckte ich ganz unten in die Schachtel, holte von dort eine neue Tasse herauf und legte sie oben mitten auf die Holzwolle.

Nun war alles in Ordnung. Tante Karoline würde nichts merken.

Ich verbrachte einige Tage klopfenden Herzens. Schließlich kam eine Verwandte, und Tante Karoline begann von dem Kaffeeservice zu reden.

Mein Herz schlug mir zum Zerspringen. Tante Karoline huschte ins Schlafzimmer, und ich wartete auf ihre Rückkehr wie auf das Jüngste Gericht.

Endlich erschien Tante Karoline über das ganze Gesicht lächelnd mit der Tasse. Ich stieß einen Seufzer der Erleichterung aus.

Sie hatte nichts bemerkt. Und von da an stöberte ich nie mehr im Schrank, und das Kaffeeservice Tante Karolinens blieb ungestört in seinem sicheren Versteck.

Ich hatte das Unglück vergessen. Die Tasse, die meine Tante den Gästen vorzeigte, war immer diejenige, welche ihr als erste in die Hände fiel. Aber lange Zeit danach vertraute sich mir meine Kusine an. Sie war ganz außer sich vor Entsetzen.

»Ich habe eine Tasse zerbrochen«, sagte sie, »eine Tasse von Tante Karolinens Service. Von dem im Schlafzimmer. Ich habe der Versuchung nicht widerstehen können, es anzuschauen. Sie ist mir, ich weiß nicht wie, aus den Händen geglitten. Die Scherben habe ich in das Seidenpapier gewickelt und ganz zuunterst in die Schachtel gelegt. Wenn Tante nicht das vollständige Service herausnimmt, wird sie es nicht merken.«

Wir baten Gott, daß die Tante nicht das vollständige Service herausnehmen möge, und tatsächlich schien er uns erhört zu haben. Lange Zeit danach wurde ich von meinem Bruder und von meinem Vetter ins Vertrauen gezogen.

Eine Tasse hatte mein Bruder zerbrochen, mein Vetter deren zwei. Wir rechneten zusammen. Fünf Tassen waren zerschlagen; aber waren es wirklich nur fünf?

Im Garten hielten wir Kriegsrat. Alle waren wir anwesend, das heißt zu acht: Geschwister, Vettern und Kusinen. Wir zählten die zerschlagenen Tassen zusammen. Waren es neun oder zehn?

Wir wußten es nicht genau. Wie konnten wir es nach so viel Jahren noch genau wissen?

Darum schickten wir einen von uns eines Tages, als die Tante nicht zu Hause war, zur Kontrolle hin.

Er kam zurück und meldete, daß an heilen Tassen nur noch zwei vorhanden gewesen seien; vor kurzem wenigstens. Eine jedoch habe er, mit der Hand im Dunkeln tastend, zerbrochen.

Nun besitzt das kostbare Porzellanservice nur noch eine einzige Tasse; aber Tante Karoline weiß es nicht.

Sie glaubt, daß in der Schachtel noch alle zwölf Tassen unversehrt seien.

Wenn Gäste kommen, geht sie ins Schlafzimmer und kommt mit der kostbaren Reliquie in der Hand zurück, hält sie gegen das Licht und ist ganz glücklich, wenn sie die bewundernden Ausrufe und Komplimente der Besucher hört.

»Es ist zu fein zum Gebrauch. Wenn ein Stück von diesem Service zerbräche, wäre es ruiniert.«

Man trinkt Kaffee aus den alten abgestoßenen Drei-Groschen-Tassen, und die Repräsentiertasse steht wegen des schönen Anblicks auf dem Tisch.

Inzwischen sind wir ein gutes Stück gewachsen. Aber wenn wir sehen, wie Tante Karoline ins Schlafzimmer geht, um die Repräsentiertasse zu holen, schlägt uns das Herz zum Zerspringen, und wir beten inständig, daß ihr die Tasse nicht aus der Hand fallen möge.

Wir gehen mit ihr. Das Herz steht uns fast still. Wir mahnen sie zu größter Vorsicht. Ja, wir sind bereit vorzuschnellen, falls die Tasse schwanken sollte, um sie zu ergreifen und vor dem Zerbrechen zu bewahren.

Und Tante Karoline ist uns für diese Aufmerksamkeit dankbar.

Sie wünscht sich, daß wir ihrem Kaffeeservice auch nach ihrem Tode solche Sorgfalt angedeihen lassen.

Ich saß an einem Tisch im Restaurant. Der Teller vor mir war groß, und genau in der Mitte lag ein kleines Beefsteak. Ich hielt den Teller in beiden Händen, und da ich eine Kurve nehmen mußte, steuerte ich ein wenig nach rechts, drückte mit der Linken auf das Beefsteak, hörte aber keinen Ton. Dann schlug ich mit der Gabel gegen das leere Glas.

Auf halber Höhe der Kurve drückte ich auf das Gaspedal und fühlte unter meinem Fuß die Nase des unter dem Tisch liegenden Ermordeten.

Da hatte ich den Eindruck, daß jemand mir die Hand auf die rechte Schulter legte.

»He!« rief eine Stimme, und jäh verschwand das Restaurant: vor mir erblickte ich die nächtlich dunkle Straße und den Scheinwerferstreifen des Autos, das ich steuerte.

»Wie weit sind wir?« fragte Enrico, der neben mir saß.

»Das Verbrechen ist gerade entdeckt«, sagte ich, »und in diesem Augenblick kommt Kommissar Maigret herein.«

»Ich meine, wie weit sind wir auf der Straße«, sagte Enrico, »wieviel Kilometer müssen wir noch fahren?«

Nun wurde ich ganz wach. Wir befanden uns auf der Autobahn Turin-Mailand. Wir mußten ungefähr dreißig Kilometer zurückgelegt haben. Ich erinnerte mich kaum an die gerade dunkle Straße, die kleinen weißen Prellsteine, die Scheinwerfer der vereinzelten Autos.

»Erst?« sagte Enrico. »Ich dachte, ich hätte mindestens eine Stunde geschlafen.«

»Ich auch«, sagte ich.

»Du auch?« schrie Enrico und richtete sich kerzengerade auf.

»Ich erinnere mich, daß es mir nicht gelang, die Augen offenzuhalten«, sagte ich. »Dann befand ich mich an einem Tisch im Restaurant und hatte an Stelle des Steuers einen Teller in der Hand, auf dem genau in der Mitte ein kleines Beefsteak war, die Hupe. Es handelte sich um eine Geschichte von Simenon, die ich gestern abend gelesen habe. Wahrhaftig trat ich statt auf das Gaspedal auf die Nase des Ermordeten. Trotzdem fuhr das Auto. Du hast mich gerade geweckt, als die Gestalt des Kommissars Maigret eintrat. Die typische, massive Gestalt des berühmten Detektivs.«

»Halt an!« rief Enrico beeindruckt.

Ich fuhr langsamer und blieb am Straßenrand stehen.

»Wir sind einer großen Gefahr entronnen«, sagte Enrico. »Ich fühle mich völlig sicher und überlasse mich dem Schlaf, während du einschläfst, als befändest du dich im festen Bett eines Zimmers und nicht am Steuer eines Autos, das mit beinahe hundert Stundenkilometern dahinrast.«

»Also hast du auch geschlafen!« sagte ich.

»Aber ich steuere keinen Wagen! Wenn ich einen Wagen steuere, schlafe ich nicht ein. Mir läuft es kalt über den Rükken!«

»Los!« sagte ich. »Nimm du das Steuer, damit ich ein Nickerchen machen kann.«

Ich stieg aus und überließ Enrico meinen Platz am Steuer. Ich setzte mich neben ihn und richtete mich zum Schlafen ein. Wir fuhren weiter.

Aber nun war ich nicht mehr schläfrig. Ich schloß die Augen, schlug sie jedoch kurz danach bei einem Bremsen wieder auf, schloß sie von neuem und schlug sie bei einem Gehupe nochmals auf. Enrico steuerte sicher und schweigend. Ich sah sein unbewegliches Profil, fast allzu unbeweglich.

Ich richtete mich auf und begann zu pfeifen. Enricos Profil rührte sich, und das Auto fuhr schneller. Ich streckte mich wieder aus und schloß die Augen. Der Wagen fuhr nun etwas langsamer, dann beschleunigte sich mit einem Ruck das Tempo.

»Wir haben weitere fünfzehn Kilometer hinter uns«, sagte ich.

Enrico machte eine brüske Bewegung, der Wagen kam etwas ins Schleudern, fing sich aber wieder.

»Du hast mich erschreckt«, sagte Enrico. »Du mußt nicht so plötzlich und laut reden, wenn andere Leute schlafen.«

»Wer schläft?« fragte ich.

»Zweiunddreißig«, sagte Enrico, »wer hilft mir die Zentralheizung wegrücken?«

»Was für eine Zentralheizung?« fragte ich.

Enrico antwortete nicht und begann zu schnarchen.

Also stieß ich ihn an. Enrico schrak auf, der Wagen machte erneut einen Ruck, fing sich aber wieder.

»Was ist denn los?«

»Schläfst du?« sagte ich.

»Wer?«

»Du«, sagte ich.

»Es fällt mir überhaupt nicht im Traum ein, zu schlafen«, sagte Enrico.

»Du hast gesagt ›zweiunddreißig‹ und dann ›wer hilft mir die Zentralheizung wegrücken‹.«

»Ausgeschlossen, daß ich solche Dummheiten gesagt habe.«

»Du hast die Angewohnheit, im Schlaf zu reden«, sagte ich, »und außerdem hast du geschnarcht.«

»Wahrscheinlich fuhr eine Zentralheizung vor uns her«, sagte Enrico, »und ließ mich nicht vorbei.«

»Es ist unmöglich, daß eine Zentralheizung mitten in der Nacht auf der Autobahn zirkuliert. Halt an!«

Der Wagen fuhr langsamer und blieb bei einem Prellstein stehen.

»Jetzt steuere ich«, sagte ich, »mein Schlaf ist völlig verflogen.« Ich nahm das Steuer, und Enrico setzte sich neben mich.

»Wir haben wieder zwanzig Kilometer hinter uns«, sagte ich.

»Das kann nicht sein«, sagte Enrico. »Wenn du behauptest, daß wir wieder zwanzig Kilometer hinter uns haben, dann habe ich tatsächlich geschlafen. War denn wirklich keine Zentralheizug vor uns?«

»Wirklich nicht«, sagte ich, »ich weiß es genau, denn mein Schlaf ist völlig verflogen.«

Ein Luftzug kam durchs Fenster herein, die kühle Nachtluft. Ich drehte das Fenster hoch, und das Motorengeräusch änderte den Ton. Es glich einem sanften Rhythmus, einem Heiapopeia.

Das Scheinwerferlicht glitt über den Asphalt, und am Straßenrand zogen sich die Reihen der weißen Prellsteine hin. Zwei Reihen, an jeder Seite eine.

Sie kamen entgegen, verschwanden an beiden Seiten.

Auf einmal sprang ein Prellstein mitten auf die Straße. Ich bremste, fuhr aber gleich weiter.

»Jetzt fangen auch schon die Prellsteine damit an«, sagte ich.

»Womit?« fragte Enrico.

»Mitten auf die Straße zu springen.«

»Du bist sicher wieder eingeschlafen«, sagte Enrico. »Kein einziger Prellstein ist mitten auf die Straße gesprungen. Ich habe nur eine Katze gesehen, die sie überquerte.«

»Mein Schlaf ist völlig verflogen«, sagte ich. ›Und doch kehrt er zurück‹, dachte ich.

Aber ich hatte keinen Teller mit einem Beefsteak mehr in der Hand.

Wahrscheinlich hatte ich Simenons Roman schon vergessen.

Von Zeit zu Zeit wichen die Prellsteine von der Straße ab, viele

Kinder standen am Straßenrand, und eines winkte mit einem Taschentuch, mit irgend etwas, aber es waren nur Schattenspiele.

Eine Baumgruppe bildete einen dunklen Fleck in der Finsternis der Nacht.

Von Zeit zu Zeit eine Lampe, ein Auto, das uns mit unabgeblendeten Scheinwerfern kreuzte, die Anstrengung, die Lider aufzuhalten ...

Dann wieder Nacht. Die Prellsteine waren hohle weiße Zähne.

Ich legte den Finger auf meine Backe.

Ich fühlte das Zahnfleisch.

Ich fühlte eine Hand, die mich an der Schulter schüttelte.

»Warum möchtest du eine Zahnbürste?« fragte Enrico.

»Ich?« fragte ich verwundert. »Ich möchte gar keine Zahnbürste.«

»Eben noch hast du eine verlangt«, sagte Enrico. »Halt an!«

Ich fuhr langsamer und blieb stehen.

Enrico nahm wieder meinen Platz ein, und wir fuhren weiter.

»Seltsam«, sagte ich, »daß der Schlaf, wenn man am Steuer sitzt, unwiderstehlich wird. Wenn ich mich daneben setze, ist er weg. Hast du geschlafen, während ich steuerte?«

»Nein«, sagte Enrico, »ich war nicht schläfrig.«

Wir sangen ein wenig, dann hörte Enrico auf. Ich sah, wie er mehrmals mit dem Kopf nickte, sah, wie er sich zusammenraffte, sich ans Steuer klammerte, sich nach vorn beugte, mühsam aus halbgeschlossenen Lidern starrte.

»Schläfst du?« fragte ich.

Keine Antwort, aber aus seinem Mund kam ein kurzes Pfeifen, dann ein Brummen, wieder ein Pfeifen.

Ich klopfte ihm auf die Schulter.

»Laß das, Adele«, sagte Enrico, »ich verstehe nicht, warum du dir in den Kopf setzt, daß ich schnarche.«

»Ich bin nicht Adele«, sagte ich, »halt an!«

Enrico sagte, er wisse genau, daß ich nicht seine Frau sei. Dann fuhr er langsamer und blieb in einer kleinen Ausbuchtung am rechten Straßenrand stehen.

»Es ist besser, daß wir hier halten, bis uns der Schlaf vergangen ist«, sagte er.

Wir schalteten die Scheinwerfer aus und ließen nur noch die Stadtlampen brennen. Wir streckten uns auf den Sitzen aus und schlossen die Augen.

Wir hörten die Grillen zirpen, die Frösche quaken. Der Himmel war voller Sterne. Enrico schnaufte.

Ich drehte mich um. Betrachtete die Straße. Die Prellsteine waren am Straßenrand stehengeblieben. Unbeweglich, weiß – einfache Prellsteine.

Enrico drehte sich um und seufzte.

»Schläfst du?« sagte er.

»Nein«, erwiderte ich. »Ich bin nicht mehr schläfrig.«

»Ich auch nicht.«

Wir bemühten uns, die Augen zu schließen. Die Grillen zirpten, die Frösche quakten weiter.

Ich versuchte an den Kommissar Maigret zu denken, tastete mit dem Fuß nach der Nase des Ermordeten unter dem Tisch im Restaurant.

Die Prellsteine standen noch immer still – einwandfreiere Prellsteine denn je, die sich zehn Meter von uns entfernt im nächtlichen Dunkel verloren.

»An Schlaf ist nicht zu denken«, sagte Enrico, »laß uns eine Zigarette anstecken.«

Wir steckten eine Zigarette an, rauchten und sahen uns um.

Dann ließ Enrico den Motor anspringen und fuhr los. Nach zwei Kilometern hielt er wieder.

»Nichts zu machen«, sagte er, »wenn ich steuere, schlafe ich ein.«

Ich versuchte es ebenfalls.

Nach einem Kilometer hielt ich an: der Schlaf am Steuer wurde übermächtig, und es gelang mir nicht, seiner Herr zu werden.

Also rauchten wir, am Straßenrand parkend. Und lauschten den Grillen und Fröschen, bis der Himmel am Horizont allmählich hell zu werden begann.

Da verscheuchte die leichte Helle und die Morgenkühle den Schlaf endgültig.

Giorgio kommt mir freudestrahlend und glücklich entgegen.

»Hallo«, sagt er, »wie geht's?«

Ich sage, daß es mir gut geht, und wundere mich, weil ich den Eindruck habe, daß es auch ihm im Gegensatz zu sonst außergewöhnlich gut geht. Denn gewöhnlich zieht Giorgio ein Gesicht wie drei Tage Regenwetter und scheint mit sich und aller Welt auf Kriegsfuß zu leben. Diesmal aber spritzt ihm Freude aus Augen und Ohren. Er trägt ein blitzendes Chlorodontlächeln zur Schau, und wenn er nur den Mund öffnet, so sprudelt ein Wortschwall hervor, daß es einem nicht gelingt, irgend etwas von seinem Gestammel zu verstehen.

Dabei war Giorgio für seine Schweigsamkeit bekannt, ja, wir nannten ihn sogar den »Schmollfisch«.

Ich habe also kaum Zeit zu sagen, daß es mir gut geht, da überschüttet er mich schon mit seinem Wortschwall. Er sei im Ausland gewesen und gerade erst zurückgekommen. Nach seiner Rückkehr aus dem Ausland sei er jedoch nicht nach Hause gegangen, sondern habe sich auf die Suche nach seiner Familie gemacht, die, während er im Ausland war, in die Berge gefahren sei.

»Alles prima, fabelhaft. Was für eine Luft!« sagt er. »Eine Luft, wie man sie sich überhaupt nicht vorstellen kann. Die tut bestimmt allen gut, wir hatten sie nötig wie das tägliche Brot. Ich bin im Augenblick angekommen und kann es gar nicht erwarten, nach Hause zu gehen.«

»Ich habe dich noch nie so begeistert gesehen bei dem Gedanken, nach Hause zu gehen«, sage ich. »Gewöhnlich bleibst du lieber von zu Hause weg.«

»Wenn die Familie da ist«, sagt er, »aber jetzt, ohne Familie, ist es etwas ganz anderes. Wenn die Familie zu Hause ist, kann ich nicht dort bleiben. Man muß das mitgemacht haben: eine Tochter ist beim Klavierspielen, die andere beim Lateinlernen, meine Frau beim Wäschesortieren und Patiencelegen, das Dienstmädchen beim Flurschrubben, und ich weiß nicht, wo ich bleiben soll. Und wer ist der Herr im Haus?«

»Du«, sage ich.

»Scheinbar; aber in Wirklichkeit bin ich der letzte, der etwas zu sagen hat. Wer, glaubst du wohl, hat den Gasherd gekauft?«

»Du hast ihn gekauft«, sage ich.

»Natürlich habe ich ihn gekauft«, sagt Giorgio, »aber wehe, wenn ich einen Tropfen Milch auf dem Gasherd verschütte, aber wehe, wenn ich einen Teller kaputt mache! Und wer hat die Teller gekauft? Ich. Und glaubst du vielleicht, ich dürfte über die Teppiche in meinem eigenen Haus gehen?«

»Das darfst du nicht?«

»Nein, denn die Teppiche nutzen sich ab, wenn man darüber geht, also muß ich einen Bogen darum herum machen. Und wer hat die Teppiche gekauft? Ich habe sie gekauft, und ich habe sie gekauft, weil ich gerne auf Teppichen gehe«, sagt Giorgio. »Und jetzt mach das Licht aus, das für nichts und wieder nichts brennt, und wer bezahlt das Licht? Ich bezahle es. Und leg den Kopf nicht auf den Sessel, sonst wird die Lehne fettig. Und wer hat den Sessel gekauft? Ich habe ihn gekauft, um bequem zu sitzen und nicht den Kopf aufrecht zu halten, um dann beim Aufstehen einen steifen Hals zu haben. Und wenn ich ins Badezimmer will, kann ich es nicht, denn es ist besetzt, und wenn ich das zweite Programm hören will, wollen die anderen das erste hören. Und wer hat den Radioapparat gekauft, und wer bezahlt die Rundfunkgebühren? Ich. Und wenn ich Grammophon spielen möchte, kann ich es nicht, weil eine Tochter Latein lernt, und wenn ich schlafen möchte, gelingt es mir nicht, weil die andere Klavier übt. Darum halte ich es zu Hause nur schwer aus. Aber jetzt ist es etwas ganz anderes. Jetzt habe ich die Wohnung ganz für mich allein. Sie sind in den Bergen mit der guten Luft, und ich kann mich in meinem Sessel so ausstrecken, wie ich will, und auf dem Bett, auch wenn die seidene Überdecke noch darauf liegt. Ich kann stinkende Zigarren rauchen, die Musik hören, die mir gefällt, meine Getränke trinken und über meine Teppiche gehen. Endlich kann ich mein Haus genießen, das diesmal wirklich mir gehört.«

Giorgio stößt einen Seufzer des Wohlbehagens aus. Er ist ein glücklicher Mensch und möchte, daß ich an seinem Glück teilhabe.

»Komm mit, wir wollen einen Kognak trinken«, sagt er, »und einen Kaffee. Den Kaffee wollen wir absichtlich überkochen lassen, damit das Wasser den Gasherd schmutzig macht. Das ist eine kleine Genugtuung, die ich mir gönnen möchte. Dann gehen wir ein bißchen auf den Teppichen auf und ab und knipsen alle Lampen im Haus an.«

Ich muß wohl oder übel ja sagen, denn Giorgio packt mich beim Arm und läßt mich nicht mehr los.

Wir gelangen zur Haustür, und er steckt den Schlüssel ins Schloß.

»Mir kommt es wie ein Paradies vor«, sagt Giorgio, »wirklich eine einladende Stille.«

Er macht die Tür auf und geht hinein. Draußen scheint die Nachmittagssonne, aber drinnen ist es pechschwarz, und Giorgio streckt den Arm nach dem Lichtschalter aus.

Ich höre, wie der Schalter knackst, nochmals knackst und ein drittes Mal knackst. Aber das Dunkel bleibt undurchdringlich.

»Das Licht geht nicht an«, sagt Giorgio, »vielleicht ist die Birne kaputt.«

Giorgio verschwindet im Dunkeln, und ich folge ihm.

Ich höre ihn herumtapsen.

»Ich versuche, das Wohnzimmerlicht anzuknipsen«, sagt er. »Zum Teufel, wo ist denn der Schalter hingekommen?« schreit er kurz darauf.

»Was ist denn los?« frage ich.

»Steck schnell ein Streichholz an«, sagt Giorgio, der sehr aufgeregt und erschrocken zu sein scheint.

Ich finde die Streichholzschachtel und stecke eins an. Ich sehe, daß er einen Haufen Zeug umarmt, das mit einem weißen Bettuch zugedeckt ist.

Wir sehen unter das Bettuch und erblicken zwei zusammengerollte, verschnürte Matratzen, eine über der anderen.

»Ich glaubte, ich hätte einen dicken Kerl umarmt«, sagt Giorgio und stößt einen Seufzer der Erleichterung aus. »Ich dachte, er sei tot, weil er sich nicht rührte.«

Beim Streichholzschein finden wir den Schalter. Trotzdem geht das Licht im Wohnzimmer nicht an.

»Vielleicht sind die Sicherungen durchgebrannt«, sage ich und gehe nachsehen. »Keine Sicherungen.«

»Was heißt keine?« fragt Giorgio.

»Meine Frau schraubt auch, wenn sie auf Reisen geht, die Sicherungen heraus, um Kurzschlüsse und sonstige elektrische Unfälle zu vermeiden«, sage ich. »Gewöhnlich legt sie sie auf den Zähler.«

Aber auf dem Zähler liegen keine Sicherungen, nirgends sind Sicherungen zu entdecken.

Wir finden eine Kerze und geben uns für den Augenblick damit zufrieden. Aber Giorgio sieht sich verblüfft um. Das Wohnzimmer ist völlig verändert. Die Teppiche sind fort. In einer Ecke stehen sie zusammengerollt. Die Sessel, einer neben dem anderen aufgestellt, sind mit weißem Tuch zugedeckt. Die Möbel sind von der Wand gerückt, die hermetisch geschlossenen Fenster sind ohne Gardinen.

Giorgio ist weniger gesprächig als zuvor, und seine Freude ist recht gedämpft.

»Das Wohnzimmer ist außer Gebrauch«, sagt Giorgio, »wir können ja ins Eßzimmer gehen.«

Wir gehen ins Eßzimmer, aber Giorgio bleibt auf der Schwelle stehen und betrachtet es beim Kerzenschein. Der Tisch ist zum hermetisch geschlossenen Fenster getragen worden, und auf dem Tisch strecken die Stühle die Beine in die Luft. Von der Decke hängt der in Zeitungspapier gewickelte Kristallüster herab.

Ich klopfe Giorgio freundschaftlich auf die Schulter. Ich verstehe seine Gemütsverfassung. Er hoffte, endlich ein Haus ganz für sich zu haben, und findet eine unbewohnbare Wohnung vor.

»Es bleibt dir nur noch das Schlafzimmer«, sage ich.

Giorgio seufzt und wendet sich zum Schlafzimmer, aber als er an den Matratzen vorbeikommt, starrt er sie entsetzt an und stürzt davon.

Ich folge ihm – das Ehebett ist fort. Die Sprungrahmen lehnen gegen das hermetisch geschlossene Fenster, und die Bettgestelle stehen hintereinander vor den Sprungrahmen. Der Parkettboden ist mit alten Zeitungen belegt.

Giorgio sagt kein Wort.

Er hat nun wieder seine frühere »Schmollfischmiene« und geht durch den Flur.

Im Kinderzimmer ist ein Bett auseinandergenommen, und der Sprungrahmen lehnt hochgestellt gegen das geschlossene Fenster. Das andere dagegen ist benutzbar.

»Es ist ziemlich kurz«, sage ich, »aber jetzt im Sommer kannst du die Füße rausstrecken. Es ist ja warm.«

»Vielleicht ist es besser, wenn wir den Kognak im Café trinken«, sagt Giorgio. »Nicht einmal Kaffee können wir machen. Die Tassen sind zusammen mit den Getränken im Büfett eingeschlossen.«

Auf dem Kopfkissen liegt ein bleistiftgeschriebener Zettel.

Von Giorgios Frau.

»Denk daran, den Blumen Wasser zu geben!«

»Die Blumen«, sagt Giorgio und sieht sich trotzig um, »stehen auf dem Schlafzimmerbalkon.«

Wir gehen ins Schlafzimmer, entfernen die Sprungrahmen und Bettgestelle, und endlich gelingt es uns, das Fenster zu öffnen.

Wir tragen alle Blumentöpfe herein und schließen wieder das Fenster.

»Jetzt habe ich eine Idee«, sagt Giorgio, und ein seltsames Lächeln spielt um seinen Mund.

Er stellt einen Blumentopf ins Spülbecken der Küche, einen anderen ins Waschbecken des Badezimmers, deren zwei in die Badewanne. Dann dreht er sämtliche Wasserhähne ganz auf. Als das geschehen ist, nimmt er seinen Hut und geht zur Tür.

Da erblickt er noch einen Blumentopf in der Ecke.

»Einen Augenblick«, sagt er. Stellt den Blumentopf ins Klosett, und zwar mit den Blumen nach unten, zieht daraufhin an der Kette. Und damit sie gespannt bleibt und das Wasser weiterfließt, befestigt er sie an einem Nagel in der Wand.

»So, jetzt gehen wir«, sagt er. »Jetzt trinken wir unseren Kognak.«

»Und läßt du alle Wasserhähne auf?«

Giorgio zuckt die Achseln.

»So kriegen die Blumen Wasser«, sagt er. »Ich ziehe ins Hotel und gehe erst wieder nach Hause, wenn die Ferien zu Ende sind.«

Ich betrete das Stadion. Es gleicht einem Becken voller Menschen. Einem riesigen Becken, das im nächsten Augenblick überzulaufen droht.

Ich versuche mir Platz zu schaffen und mich auf den Stufen breitzumachen, aber zehn oder zwölf Leute ereifern sich.

»Wo wollen Sie eigentlich hin?« fragt einer.

»Da hinauf«, sage ich und deute in die Höhe. »Vielleicht ist da oben noch Platz.«

Ich drehe mich um, aber inzwischen ist der Weg versperrt.

»Wohin gehen Sie?« fragt einer, der erst hinter mir stand, jetzt aber vor mir steht.

»Zurück«, sage ich, »dort läßt man mich nicht durch.«

»Faule Ausreden: Sie wollen mir nur den Platz wegnehmen.«

»Ich will keinem Menschen den Platz wegnehmen«, sage ich, »sondern nur vorbeigehen.«

»Gehen Sie woanders vorbei«, sagt er, »ich rühre mich nicht von der Stelle.«

Ich versuche woanders vorbeizugehen und streife mit der Fußspitze den Rücken eines sitzenden Herrn, der sofort aufspringt und sagt, daß ich zur »Eintracht« halte. Ich sage, es sei nicht wahr, daß ich zur »Eintracht« halte, ich wolle nur vorbeigehen.

»Mein Rücken ist kein Fußball!« schreit der Herr, der aufgesprungen ist.

»Ha!« brüllt einer hinter mir und fuchtelt mit dem rechten Arm, »wir werden ja sehen, was die ›Fortuna‹ für eine Figur macht!«

»Alles gut und schön«, sage ich, »aber ich möchte einen Platz finden.«

Ein anderer springt auf, um zu sagen, daß kein Grund zu Spötteleien vorhanden sei, »Fortuna« bleibe »Fortuna«! Alle fangen an zu brüllen, und ich wage es, die letzten Stufen hinunterzugehen. Nun befinde ich mich auf der Höhe des Feldes und sehe einen Wald von Köpfen vor mir. Ich zwänge mich in die stehende Menge, während alle schreien und in die Hände klatschen.

Irgend jemand muß das Feld betreten haben.

Ich versuche mich breitzumachen, aber einer hört auf zu klatschen und sagt, es sei unnötig, daß ich drängele, ich hätte eher kommen müssen, wenn ich einen besseren Platz haben wollte.

Ich wage es, einen halben Meter vorzudringen, und stoße mit der Nase auf den Rücken eines übertrieben großen Kerls.

»Hallo«, sagt jemand neben mir. Ein Freund, der sich auch vergeblich bemüht, einen Platz zu bekommen.

»Der hat es gut«, sagt mein Freund und zeigt auf den übertrieben Großen, »der hat sich eine Coca-Cola-Kiste ergattert, während ich eine mieten wollte, und als ich fünf Mark dafür bot, hat man mir ins Gesicht gelacht.«

»Ich habe zehn dafür bezahlt«, sagt der übertrieben Große.

Wir hören einen Pfiff und wissen daher, daß das Spiel angefangen hat.

»Siehst du etwas?« fragt mich mein Freund.

»Ich sehe eine Menge Köpfe«, sage ich, aber wenn ich den Hals nach rechts recke, gelingt es mir, zwischen dem rechten Ohr und dem linken Ohr zweier Zuschauer einen schmalen Grasstreifen zu erspähen. Natürlich handelt es sich um das Spielfeld. Um einen winzigen Bruchteil des Spielfeldes, aber es kommt mir vor, als ob alle Spieler ausgerechnet diesen schmalen Grasstreifen, den ich sehen kann, meiden. Jedenfalls ist es ratsam, ihn nicht aus den Augen zu lassen. Endlich rennt ein Spieler in schwarzweißgestreiftem Fußballhemd über mein kleines Rasenstück, verfolgt von einem schwarzrotgestreiften Spieler und dann wieder einem Schwarzweißen. Dann nichts mehr.

»Schöne Kombination!« sage ich.

»Du Glücklicher, du siehst etwas«, sagt mein Freund und reckt den Hals erst nach rechts, dann nach links, »ich nicht.«

Mein Freund stellt sich auf die Zehenspitzen, und einer hinter ihm brummt, es sei unfair, daß sich Leute vor ihm auf die Zehenspitzen stellten.

Wir hören die Menge schreien, und der auf der Coca-Cola-Kiste teilt uns mit, daß es eine wunderbare Parade war.

Ich finde mein Rasenstück zwischen den Ohren der beiden Zuschauer zurück und habe das Glück, zu sehen, wie ein Spieler in schwarzrotgestreiftem Fußballhemd stehenbleibt, die Hände in den Hüften, und nach links Ausschau hält.

Ich lasse ihn nicht aus den Augen, in der Hoffnung, daß er den Ball bekommt und ihn etwas auf dem winzigen Rasenstück zwischen den Ohren der beiden Zuschauer behält. Aber da wirft er den Blick gen Himmel, macht einen Schritt zurück und verläßt mein Spielfeld.

»Schöne Kombination!« sage ich.

Kurz darauf überquert ein Herr in schwarzer Jacke und kurzen Hosen den schmalen Grasstreifen.

»Der Schiedsrichter ist bestochen!« schreie ich, insistiere jedoch nicht, denn es ist kein Grund vorhanden, auf den Schiedsrichter zu schimpfen.

Endlich sehe ich den Ball, der aus dem Wald der Zuschauerköpfe in den Himmel steigt.

»Endlich sehe ich etwas«, sagt mein Freund und betrachtet den hochfliegenden Ball. Wir verfolgen mit dem Blick seine Bahn und wünschen uns, daß er sich noch ein wenig länger in diesem freien blauen Raum aufhalten möge. Aber da fällt er schon wieder herunter und verschwindet erneut hinter der Menschenmauer.

»Fabelhaft«, sagt mein Freund.

Wir kommentieren etwas die Kombination, aber bald müssen wir uns in eine Diskussion mit den Nachbarn einlassen, und zwar auf Grund eines mutmaßlichen Fouls, das ein Eintrachtspieler begangen hat.

»Ich habe es nicht gesehen«, sage ich.

»Natürlich nicht«, sagt einer, »wenn ein Eintrachtspieler Fouls macht, sieht niemand etwas.«

»Wenn Sie sich die Haare schneiden lassen würden, könnte ich vielleicht etwas sehen«, sage ich. »Aber Sie lassen sich nicht die Haare schneiden, weil Sie zur ›Fortuna‹ halten. Und den Fortunaanhängern verschafft es Genugtuung, sich nicht die Haare schneiden zu lassen, um einem Eintrachtanhänger die Sicht zu nehmen.« Und ich entdecke einen anderen schmalen Grasstreifen zwischen zwei Köpfen. Der Grasstreifen ist verlassen, denn alle Spieler halten sich jetzt im entgegengesetzten Teil des Feldes auf.

»Vielleicht schießen sie jetzt ein Tor«, sage ich.

»Nach dem Geschrei der Menge zu urteilen, scheint es mir auch so«, sagt mein Freund. »Wir haben den Höhepunkt der Kombination erreicht. Siehst du etwas?«

»Ja«, sage ich und zeige auf den Ball, der in den Himmel fliegt.

»Fabelhaft«, sagt mein Freund, »das ist eines der interessantesten Spiele, die ich je gesehen habe.«

Der Ball fällt gleich wieder herunter, und über das Rechteck des Feldes, das ich sehen kann, rennt ein schwarzweißer Spieler, rennt wieder zurück, verfolgt von einem Schwarzroten und einem anderen Schwarzweißen.

Zufrieden stelle ich wieder die Fersen auf den Boden, denn die Waden tun mir weh, und nach dem aufregenden Spielverlauf auf meinem Rasenstück erwarte ich nichts Bedeutendes mehr.

Nach dem Geschrei der Menge zu urteilen, sind vier Tore gefallen, aber am Schluß des Spieles erfahren wir mit Sicherheit, daß nur die »Eintracht« zwei geschossen hat.

Wir verlassen das Stadion und diskutieren das Spiel und die Preise der Eintrittskarten.

Kaum draußen, bietet uns ein Kerl einen numerierten Platz zu fünfzig Pfennig an.

»Diesmal sind die Kartenaufkäufer reingefallen«, sagt mein Freund, »und sie können von Glück sagen, wenn es ihnen gelingt, das Trambahngeld für die Rückfahrt wiederzubekommen.«

Auch der Tag des hl. Carlo Borromeo ist vorübergegangen, wie alle anderen Tage des hl. Carlo Borromeo.

Es ist mein Namenstag. Aber wenn es keine Geschenke gibt, denke ich gar nicht daran. Ich wache morgens auf, wie an allen anderen Tagen. Doch kaum bin ich wach, da merke ich, daß eine andere Atmosphäre im Hause herrscht: nämlich festliche Ausgelassenheit. Und mit der Ausgelassenheit stellen sich Scherz und Schabernack ein – und natürlich die Geschenke.

Ich weiß schon, um was für Geschenke es sich handelt.

Um Krawatten.

Im Sommer trage ich nie Krawatten, und im Winter trage ich sie nur, weil ich nicht darum herumkomme. Ich habe zwei für den Winter. Wenn ich die eine ablege, binde ich die andere um. Hätte ich drei, geriete ich in Verlegenheit und wüßte nie, welche ich wählen sollte. – Und doch hat es den Anschein, als ob ich eine Schwäche für Krawatten hätte. Denn am Tage des hl. Carlo Borromeo schenken mir alle eine Krawatte.

Drei erhalte ich von meiner Frau und meinen beiden Töchtern: von jeder eine. Dazu kommt die Krawatte von meiner Schwester und noch ein paar von anderen Verwandten. Außerdem die eine oder andere von meinen übrigen Bekannten.

An diesem Tage bin ich mit Krawatten reich gesegnet, und so lege ich sie in Reih und Glied aufs Bett und betrachte sie mir.

Alle sind natürlich wunderschön. Doch die schönsten sind diejenigen, welche mir meine Lieben geschenkt haben, und zwar schon morgens. Das heißt die drei Krawatten meiner Frau und meiner Töchter. Unter diesen dreien wüßte ich wirklich nicht, welche ich wählen sollte.

Das schlimme ist, daß man nicht drei Krawatten auf einmal umbinden kann. Notgedrungen muß man sich für eine entscheiden. Und es ist nicht leicht, es allen recht zu machen.

Also wollen wir nach dem Alter vorgehen: ich binde zuerst die Krawatte meiner Frau um. Natürlich nicht, weil sie etwa die schönste ist. Wie gesagt, sind sie alle gleich schön. Ich behalte sie drei Stunden um. Drauf binde ich die Krawatte der älteren Tochter um und nach drei weiteren Stunden die der jüngeren.

»Sagen wir immer nur zwei Stunden«, sagt die jüngere Tochter, »sonst muß ich bis abends warten.«

»Und dann sind auch noch die Krawatten der anderen da«, sage ich. Also zwei Stunden für jede.

Dann gehen wir aus, um einige Besuche zu machen.

»Wenn du zu deiner Schwester gehst und sie sieht, daß du nicht ihre Krawatte anhast, nimmt sie es übel«, sagt meine Frau.

Das ist wahr. Ich stecke die Krawatten meiner Töchter, die meiner Schwester und auch die andern Krawatten in die Tasche.

Am Tag des hl. Carlo Borromeo habe ich die Taschen voller Krawatten. Auf den Treppen wechsele ich die Krawatte – jedesmal, wenn ein Besuch vorbei ist.

Ich tue nichts anderes als Krawatten wechseln an jenem Tag, bis zum Abend.

Aber am folgenden Tag mache ich Ferien. Ich bleibe ohne Krawatte, um mich ein wenig zu erholen.

Und mit der Zeit verlieren die Krawatten an Bedeutung. Ich kann die erste beste umbinden, die mir unter die Finger kommt, ohne daß sich jemand beleidigt fühlt.

*Man amüsiert sich, auch wenn es nicht den
Anschein hat*

Wenn der Frühling zu Ende geht und sich die ersten Hitzetage
einstellen, ist es immer das gleiche Lied.

»Was machen wir diesen Sommer?« »Wohin gehen wir?« »Sieh
dir nur an, wie blaß die Kinder sind. Bei dieser Hitze haben sie
überhaupt keinen Appetit. Sie brauchen unbedingt Luftverände-
rung.«

Mama läßt die Kinder beim Apotheker wiegen, sie von oben bis
unten beim Arzt untersuchen und kommt zum Schluß, daß ein
Sommer in der Stadt zu ihrem völligen Ruin führen würde.

Also zieht sie Erkundigungen ein.

Dieser Ort liegt zu hoch, jener zu tief, dieser zu weit, jener zu
nah. Der eine ist zu elegant und zu teuer, der andere zu abgelegen –
kein Mensch geht je hin, und außerdem wimmelt es von Schnaken.

Man muß sich über die Schnaken informieren, übers Wasser
und übers Obst; ob es Gas, elektrisches Licht und einen ordentli-
chen Arzt gibt.

»Zwei Zimmer genügen«, sagt Mama, »mit etwas gutem Willen
haben wir darin alle Platz. Auf keinen Fall zu luxuriös: schließlich
gehen wir aus Gesundheitsgründen hin. Und hoffentlich gibt es
dort ein Kino.«

Eine ihrer Freundinnen empfiehlt ein kleines Dorf im Val
Brembana, wo sie voriges Jahr war. Sie gibt die Adresse und sagt,
man solle hinschreiben. Ein sauberes Haus – sie sei dort ausgezeichnet aufgehoben gewesen, aber diesmal gehe sie nicht hin, weil
sie an die See wolle.

Mama schreibt zum kleinen Dorf im Val Brembana, doch da
erscheint ein Freund ihres Mannes und sagt, daß sie eine große
Dummheit machen würden. Es gebe in einem gewissen Ort sehr
bequeme und gar nicht teuere Pensionen.

Vor zwei Jahren habe er seine Familie hingeschickt, und man sei
sehr zufrieden gewesen. Ehrliche Leute, die, wenn sie tausend
sagen, tausend meinen und nicht wie in manchen Orten zweitausend.

Sie müßten schleunigst hinschreiben, und der Freund gibt die
Adresse. Mama schreibt und bittet um genauere Auskünfte, aber
da ruft der Freund an, daß er sich geirrt hat, es sei nicht die Adresse

der Pension, die er empfehlen wollte, sondern die Adresse einer Pension, wo man, wenn man tausend sagt, in Wirklichkeit zweitausend, ja sogar zweitausendfünfhundert meint. Es handele sich um einen anderen Ort in einem anderen Tal – ohne Schnaken, mit Kino, Trinkwasser und allem Drum und Dran.

Mama schreibt, erfährt zufällig, daß es in jenem Dorf vor drei Jahren einen Typhusfall gab, und hält es deshalb für ratsamer, nicht dort hinzugehen.

Dann sagt die Frau vom oberen Stockwerk, daß sie nie in Pensionen gehe, weil sie es in einer gewissen Gegend so gut getroffen habe; nicht weit von Brianza, auf halber Höhe, wo die Miete spottbillig sei. Man müsse gleich schreiben, und sie gibt die Adresse, Mama schreibt und erfährt, daß es in dieser Gegend kein Gas gibt, sondern alle sich mit Holzkohle behelfen müssen.

Mama will nichts von Holzkohle wissen. Sie blättert einen Stapel Prospekte voller Fotografien durch und fragt andere Freundinnen, ob sie nicht von Orten gehört hätten, die billig und schön sind.

Sie läßt sich Adressen geben und schreibt.

Sie fährt mit ihrem Mann in ein piemontesisches Tal. Als sie aussteigen, regnet es Bindfäden. Sie suchen beide Zuflucht in einem Café, um abzuwarten, bis es sich aufklärt, müssen aber schließlich den letzten Zug zurück nehmen, denn die Kinder warten zu Hause.

Sie haben keinen blassen Schimmer, was für eine Gegend es ist. Im Café haben sich alle günstig geäußert, die Annehmlichkeiten gelobt, davon geschwärmt, daß Kinder, die im Sommer mit zehn Kilo ankommen, im Herbst mit fünfzig Kilo abreisen, aber selbstverständlich liegt es ganz in ihrem Interesse, sich günstig über ihre Gegend zu äußern.

Es ist besser, sich bei Leuten zu erkundigen, die dort gewesen sind – irgend jemand hat sich vor zwei Jahren in dieser Gegend den Fuß gebrochen. Darum ist es klüger, nicht hinzugehen. Außerdem wirken Orte im Regen von vornherein unsympathisch.

Zu Hause liegen Haufen von Briefen und Postkarten mit Antworten, Preisangaben, Prospekten.

Wie ist es nur möglich, daß die Welt so groß ist?

Wer die Wahl hat, hat die Qual. Wo es Gas gibt, fehlt das Kino, wo das Wasser gut ist, sagt die Pension tausend und meint zweitausend, wo es Obst gibt, sind Schnaken.

Nochmals die Kinder zum Arzt schicken? Ganz überflüssig –

man sieht doch, daß sie blaß und mager sind und überhaupt keinen Appetit haben.

Aber man muß sich entscheiden, denn die Zeit drängt, und die Leute warten bestimmt nicht ausgerechnet auf einen.

Also mischt man die Postkarten wie Spielkarten, fischt eine heraus, schickt unverzüglich die Anzahlung und entdeckt ein paar Tage später den idealen Ort, den man so lange gesucht hat.

Doch nun ist nichts mehr zu ändern.

Was nimmt man in die Sommerfrische mit?

Für die Hausfrau ist alles nötig, gleichsam unentbehrlich, der Mann dagegen kommt mit einer Zahnbürste aus. Aber da sich die Ehefrau mit den Vorbereitungen befaßt, findet der Mann eines Tages beim Nachhausekommen den Flur voller Kisten, Hand- und Kabinenkoffer.

»Wer ist denn angekommen?« fragt er und macht sich auf ein halbes Dutzend Familienangehörige gefaßt. Doch seine Frau sagt, aus dem Kofferhaufen auftauchend, daß niemand angekommen sei – sie bereite nur die Abreise vor.

»Die Abreise?« sagt der Mann, runzelt die Stirn und rennt zum Kalender. »Aber wir fahren doch erst in zwanzig Tagen?«

»Besser warten wir mit dem Packen nicht wieder bis zur letzten Minute«, antwortet die Frau. »Sonst passiert dasselbe wie voriges Jahr, als wir einfach alles in den Koffer geschmissen haben, so daß uns beim Ankommen das Allernötigste fehlte. So aber legt man die Sachen, die man nötig hat, schön der Reihe nach und in Ruhe hinein. Jeden Tag etwas. Was man hier braucht, das braucht man auch dort. So kann man sich wenigstens nicht irren.«

Der Mann zuckt die Achseln, denn schließlich ist es die Frau, die sich darum kümmern muß; er kommt ja mit einer Zahnbürste aus. Und die Frau beginnt tatsächlich Bettücher und Decken zu packen und darauf die dicken Wollsachen.

Denn in den Bergen ist es kalt, und am besten trägt man warme Sachen.

Dann folgen die leichten Sachen, denn in den Bergen brennt die Sonne tüchtig.

Dann die Übergangskleidung, um weder zu kalt noch zu warm angezogen zu sein.

Außerdem bleiben noch zwanzig Tage zum Nachdenken, und meistens fallen einem die Dinge Stück für Stück ein.

Als noch neunzehn Tage fehlen, sind die Handkoffer schon gestopft voll und die Kabinenkoffer zum Zuschließen bereit, denn der Frau ist alles, was man braucht, auf einmal eingefallen. Und als noch achtzehn Tage fehlen, findet der Mann erneut ein Durcheinander von geöffneten Koffern im Flur, und seine Frau, die hinter einem Berg von Sachen erscheint.

Der Mann fragt, ob sie die Reise abgeblasen habe, doch seine Frau sagt, daß es sich um die Kerzen handele.

»Was für Kerzen?« fragt der Mann.

»Die Kerzen, die ich zum Mitnehmen gekauft habe«, sagt die Frau. »Es könnte vorkommen, daß wir plötzlich im Dunkeln sitzen – also habe ich ein Paket Kerzen gekauft. Und jetzt kann ich sie nicht mehr finden.«

»Du hast sie sicher in einen der Handkoffer gelegt«, sagt der Mann, »oder in einen der Kabinenkoffer.«

»Das will ich ja eben feststellen«, sagt die Frau. »Ich möchte sicher wissen, daß ich sie eingepackt habe.«

»Aber wenn sie nicht draußen sind …«

»Ich bin nicht sicher, ob sie nicht draußen sind«, sagt die Frau, »in diesem Hause findet man nie etwas.«

Sie räumt sämtliche Koffer aus und findet die Kerzen auf dem Boden des letzten. Sie legt alles wieder hinein, und als der Mann ins Büro zurück muß, sucht er seine Jacke, die nirgends zu finden ist.

»Du weißt auch nie, wo du deine Sachen hinlegst«, sagt die Frau, und der Mann behauptet steif und fest, daß er die Jacke über die Sessellehne gehängt hat. Und sie: »Wenn du sie über die Sessellehne gehängt hast, müßte sie noch da sein, denn in diesem Hause ißt keiner Jacken!«

Und da sie nicht auf der Sessellehne hängt, muß sie wohl in einem der Hand- oder Kabinenkoffer gelandet sein.

Von neuem wird ausgepackt, und endlich findet sich die Jacke, und dort hat sie der Mann bestimmt nicht hingelegt – im hintersten Winkel eines Kabinenkoffers.

Tag für Tag müssen die Koffer wieder ausgepackt werden, denn einmal hat man dieses, ein andermal jenes nötig, und dann muß man daran denken, das, was man gebraucht hat, wieder an seinen Platz zurückzulegen.

Und so vergehen die Tage. Hie und da fällt einem noch etwas zum Mitnehmen ein, und deshalb bleiben die Koffer, wo sie sind; damit sie nicht überquellen, muß man sich dazu entschließen, die weniger wichtigen Dinge auszusortieren. Und da man nicht mehr weiß, wo sie letzten Endes hingeraten, muß man die Koffer jedesmal völlig auspacken und von neuem vollstopfen. Es bedarf einer gewissen Erfahrung in diesen Dingen. Besser fertigt man eine Liste der Sachen an, die man einpackt, und schreibt Koffer eins, Koffer zwei, Koffer drei, et cetera pp.

Der Mann amüsiert sich köstlich, er würde ja mit einer Zahnbürste auskommen, aber die Frau hat Rückenschmerzen, denn Sie haben keine Idee, wie ermüdend das Vorbereiten des Gepäckes ist, vor allem wenn man einen Mann hat, der keinen Finger rührt, sondern einfach zusieht und seine sich abschuftende Frau auch noch aufzieht.

Endlich kommt der festgesetzte Tag, und an jenem Morgen muß man früh aufstehen, um alle Sachen wieder in den Koffer zu legen, recht sorgfältig, um ja nichts zu vergessen. Auf einmal entdeckt die Frau, daß sie ihr Reisekostüm eingepackt hat, und muß es suchen, doch wo – denn die Nummern der Koffer sind durcheinandergekommen. Koffer eins ist nun Koffer vier, und die Gegenstände, die er enthält, entsprechen nicht der Liste.

Also müßte man beim Öffnen der Koffer im Ferienhaus zugegen sein, um eine Liste der unentbehrlichen Sachen zu machen, die in der Stadt zurückgelassen wurden.

Aber daran will ich lieber nicht denken.

Der Mann wird mit einem Paar Koffer voll unnützer Sachen in die Stadt zurückfahren und am Samstag wieder mit dem Paar Koffer voll unentbehrlicher Sachen in die Sommerfrische reisen.

Und so weiter – wahrscheinlich bis Ende August.

Die Abreise der gesamten Familie in die Sommerfrische ist ein Ereignis, das dem Familienoberhaupt lange Zeit im Gedächtnis bleibt.

Um fünf Uhr morgens klingelt der Wecker, und seine Frau springt aus dem Bett, macht Kaffee, weckt ihren Mann und die Kinder.

Der Mann streckt einen Arm aus, nimmt seine Uhr vom Nachttisch und guckt drauf.

»Es ist ja gerade erst fünf«, sagt er gähnend, »und wir müssen erst um zehn abfahren.«

»Vor der Abfahrt gibt es noch eine Unmenge zu tun«, sagt die Frau, während sie Decken und Bettücher ergreift und am Fenster ausschüttelt. »Wir müssen noch die Wäsche einpacken, die Betten abziehen, alles abschließen, zum Bahnhof gehen und die Fahrkarten lösen.«

Widerwillig steht der Mann auf, zieht sich an, stolpert über die Koffer und rempelt seine Frau an, die zwischen einem Möbelstück und zwei Kindern von einem Zimmer ins andere rennt, als jage sie einer wildgewordenen Fledermaus nach. Er flüchtet sich in eine Fensternische und betrachtet die verlassene Straße und den ersten Schimmer der Morgenröte. Die Augen fallen ihm zu, und er wäre auf der Fensterbank eingeschlafen, wenn seine Frau nicht unversehens gekommen wäre, um die Läden zuzumachen.

Die Kinder sind unruhig, die Frau nervös und rastlos; sie bleibt keine Sekunde auf derselben Stelle stehen. Und am vergangenen Abend schien alles fix und fertig zu sein!

Aber um halb neun ist es Zeit zum Gehen. In allen Zimmern Kontrolle, ob die Fenster gut geschlossen sind, ein letzter Blick auf Gasherd, Bad, Waschbecken. Die Sicherungen müssen ausgeschraubt, die Tür sorgsam abgeschlossen werden.

Auf dem Treppenabsatz wird das Gepäck verteilt: Der Mann bekommt zwei große schwere Koffer, die Frau, die ihre Tasche und ein Paket tragen kann, einen mittelgroßen. Zwei Kinder einen Koffer. Ein anderes Kind die Einkaufstasche. Nach Gewichtprüfung entscheidet man sich jedoch folgendermaßen: ein großer Koffer für den Mann, der auch noch den mittelgroßen sowie zwei Pakete tragen kann. Der andere große Koffer für die Frau, unterstützt von ihrem Ältesten, der schon einen Koffer hat. Den anderen beiden Kindern die Einkaufs- und die Handtasche.

Unten an der Treppe muß das Gepäck besser verteilt werden. Der Mann nimmt die beiden großen Koffer, die Einkaufstasche und die Handtasche. Die Kinder den mittelgroßen und noch einen Koffer, die Frau den Rest.

Am Ende der Straße und auf halbem Wege zwischen Haus und Trambahnhaltestelle neuer Wechsel. Der Mann nimmt die beiden großen Koffer, den mittelgroßen und unter den Arm ein Paket. Die Kinder tragen die Hand- und die Einkaufstasche und einen anderen Koffer, die Frau ein Päckchen.

Wenn die Haltestelle hundert Meter weiter entfernt gewesen wäre, hätte die Gepäckverteilung nochmals geändert werden müssen, aber wir haben's schon geschafft.

Das Verladen führt zu neuen Konfusionen. Die Kinder wollen neben dem Straßenbahnführer stehen, die Frau stapelt die Koffer mitten im Wagen auf.

Die Leute, die ins Büro fahren, betrachten die Karawane recht mißbilligend, jemand beklagt sich, daß man nicht mehr wisse, wohin mit seinen eigenen Füßen, und daß die Trambahn sich anscheinend in einen Gepäckwagen verwandelt habe.

Der Mann möchte am liebsten eine gleichgültige Miene aufsetzen, sich als Fremder zu den Vorgängen verhalten: wie irgendein

Passagier, den das ganze Gepäck nichts angeht, aber seine Frau fragt ihn, ob er alles hat, ob er seine Brieftasche hat oder ob er sie wie gewöhnlich vergessen hat. Ob er daran gedacht hat, alle nötigen Papiere einzustecken, ob er die Tür einmal oder zweimal abgeschlossen hat.

Drei Haltestellen vor dem Bahnhof trommelt die Frau die Kinder zusammen, stapelt die Koffer vor dem Ausgang auf und mahnt alle, sich bereit zu machen.

In diesem Augenblick erreicht die Nervosität im Wagen ihren Höhepunkt.

Es fallen Schimpfworte, ein Kind beginnt zu weinen, ein Herr versetzt der Einkaufstasche einen Fußtritt, und anscheinend geht etwas kaputt.

Beim Aussteigen will die Frau gleich nachsehen, was kaputtgegangen ist, aber es ist keine Zeit zu verlieren; der Mann nimmt die beiden großen Koffer und einen anderen Koffer, die Kinder den mittelgroßen und ein Paket, die Frau die Einkaufs- und die Handtasche. Dann übergibt sie Hand- und Einkaufstasche ihrem Mann, denn sie muß die Kinder an die Hand nehmen, damit sie sich nicht in der Menschenmenge am Bahnhof verlieren, doch es sind zu viele Kinder und zu wenig Hände, und diese wenigen haben alle Hände voll zu tun.

Hierhin, dahin, hierhin, dahin. Hier kommt man zuerst dran, die Schalter sind dort hinten, nein, hier werden nur Fahrkarten erster Klasse ausgegeben, aber früher war das anders, alles hat sich geändert, ich sage dir nein, du bleibst vor dem Kiosk stehen und rührst dich nicht von der Stelle, ich werde die Plätze belegen, schließlich verlieren wir uns noch, es ist besser, wenn wir alle Schlange stehen, aber einer muß aufs Gepäck aufpassen, sieh dir nur all die Leute an! Wir müssen uns eilen, hast du fünfundzwanzig Lire klein, ich habe keine, geh wechseln, aber mach schnell! Julius, wo hast du die Fahrkarten? Wo steckt nur dieser Dummkopf, halt dich an Mamas Rock fest, ich bin jetzt schon müde vom Herumlaufen, wir müssen noch ein paar Zeitungen kaufen, hier, da, das ist besser, hier scheint ein Platz zu sein, nein, er ist besetzt, laß uns weiter nach vorne gehen, ich habe dir ja gesagt, daß es hinten besser ist, nimm diesen Koffer, ich kann nicht mehr, entschuldigen Sie, ist dieser Platz frei? Ist das dritte oder zweite Klasse? Dort ist ein Wagen, marsch hinein, bleib hier, setz dich, entschuldigen Sie vielmals, wo steigen Sie aus? Uff!

Endlich sind sie im Zug, und allmählich können sie sich zwischen all den Leuten einrichten.

Es ist heiß, und der Zug fährt erst in dreiviertel Stunden ab. Das ist ein Tag, den das Familienoberhaupt nur schwerlich vergißt.

Ein Jahr ist es so und das Jahr darauf ist es
wieder genau so

31. Juli. Bei diesem Heidenlärm im Haus kann man nicht arbeiten.

Ich habe mehrmals versucht, mich an die Arbeit zu setzen, aber meine Älteste will, daß ich ihr ein Männlein male, und bringt mir Papier und Bleistift. Ich male das Männlein, aber da verlangt sie noch eines.

Meine Jüngste bimmelt unablässig mit der silbernen Tischglocke. Meine Frau schimpft das Dienstmädchen aus. Wenn ich mich an die Arbeit setze, verwandelt sich das Haus in eine Hölle.

Ich gebe es auf, arbeiten zu wollen, und radele spazieren, aber so kann es nicht weitergehen. Zum Glück fährt die Familie in einigen Tagen in die Sommerfrische, und dann werde ich es wer weiß wie herrlich haben.

In der Stille des Hauses werde ich ruhig arbeiten können.

1. August. Wir versuchen den Inhalt dreier Schränke in zwei Koffer zu zwängen. Eine Zeitlang ist das Spiel amüsant, dann aber hätte ich Lust, alles aus dem Fenster zu schmeißen: Schränke, Wäsche und Koffer. Meine Frau sagt, es sei meine Schuld, daß das Zeug nicht hineingeht.

Ich schlage vor, die Schränke samt Inhalt zu verschicken.

Mein Vorschlag hat keinen Erfolg.

Erster Versuch, einen Koffer zu heben. Der Versuch mißlingt.

Ich schlage vor, Räder unter den Koffern anzubringen, doch auch mein zweiter Vorschlag wird abgelehnt.

Meine Frau sagt, es sei meine Schuld, daß die Koffer so schwer sind.

Bestimmt würden drei Monate intensiver Gymnastik ein gutes Resultat zeitigen: ich schlage vor, die Abreise mindestens drei Monate aufzuschieben, um mir Gelegenheit zum Training zu geben, damit ich die Koffer heben kann.

Auch dieser Vorschlag hat keinen Erfolg.

2. August. Die gestrige Gymnastik gestattete mir, die Koffer vom Flur ins Vestibül zu tragen: ganze zwei Meter.

Ich bitte meine Frau um einen Ruhetag. Nicht bewilligt.

Ich vertiefe mich in das Gewichtsproblem: ich schlage vor, die

Koffer auszupacken und sie leer zum Bahnhof zu bringen, die Wäsche und die anderen Sachen nach und nach ebenfalls hinzubringen und die Koffer erst im Zug zu packen. Auch dieser Vorschlag fällt durch.

Durch die Geschichte mit den Koffern habe ich weder gestern noch heute gearbeitet.

Wie sehne ich mich nach Einsamkeit!

3. August. Dem Hausmeister gelingt es, die Koffer im Taxi zu verstauen.

Ein Gepäckträger holt sie heraus, und es gelingt ihm, sie im Zug zu verstauen.

Der Gepäckträger fragt mich, ob wir Felsbrocken in die Ferien mitnähmen. Keine Antwort.

Ich habe Bleistift und Papier eingesteckt, um während der Reise Bemerkungen und Einfälle notieren zu können.

Es ist ausgeschlossen, Bemerkungen und Einfälle zu notieren, wenn man ein kleines Kind auf dem Arm und ein großes auf dem Schoß hat. Ich hoffe, daß ich zum Arbeiten kommen werde, wenn wir da sind.

Einem Gepäckträger gelingt es, die Koffer aus dem Zug zu holen und ins Haus zu tragen.

Wir packen die Koffer aus und füllen mit dem Inhalt vier Schränke.

Nachdem die Sache mit den Koffern erledigt ist, versuche ich, mich an die Arbeit zu setzen, doch die Jüngste fängt an, mit der silbernen Tischglocke zu bimmeln, und die Älteste bringt mir Papier und Bleistift, denn ich soll ihr ein Männlein malen.

Meine Frau nimmt den Streit mit dem Dienstmädchen genau an der Stelle auf, wo sie diesen am einunddreißigsten Juli unterbrochen hat. Ich glaube, daß er in den folgenden zwei Monaten fortgesetzt wird, um dann nach der Heimkehr wieder aufgenommen zu werden.

4. August. Nachdem ich die Familie untergebracht habe, nehme ich den Zug und kehre nach Mailand zurück.

Mailand hat sich verwandelt. Es scheint eine andere Stadt zu sein, seit die Familie fort ist.

Ich schlendere durch die Menschenmenge, ich kann nach rechts oder links abbiegen oder geradeaus gehen: keiner erwartet mich. Ich kann mich in dieses oder jenes Café setzen und erst spät abends heimkommen: keiner fragt mich, warum ich so spät komme.

Aber ich nutze diese Freiheit aus, um in der Stille des Hauses zu arbeiten.

Das Haus ist wirklich still.

Hier ist Papier, dort die Schreibmaschine.

Ich schlage eine Taste an: es hallt im Zimmer wie eine Explosion nach.

Ich mache einen Rundgang durch die Zimmer, doch alles ist finster und still.

Wie soll man in dieser Einsamkeit arbeiten?

Ich möchte den Mieter von oben bitten, herumzuspringen und zu tanzen – mehrmals mußten wir ihn ersuchen, keinen Krach zu machen –, ich drehe die Wasserhähne des Waschbeckens und des Bades auf, schalte das Radio an, reiße Türen und Fester auf, so daß die Läden im Durchzug klappern.

Ich hämmere wild auf die Tasten der Schreibmaschine.

Ob ich jetzt endlich arbeiten kann?

Ich schreibe das Folgende: Wenn der Sommer kommt, fahren die Ehefrauen in die Ferien, und die Ehemänner bleiben eine Zeitlang allein in der Stadt.

Schließlich nehmen – wie es heißt – auch die Männer ihre Ferien und treffen ihre diesbezüglichen Frauen, sagen wir, an der See.

Also zerfällt die Sommerzeit für Ehemänner in zwei Perioden.

Erste Periode: diejenige, während der die Männer allein in der Stadt bleiben.

Zweite Periode: diejenige, während der auch die Männer die Stadt verlassen und an der See ihre Frau treffen. Diese zweite Periode wird gewöhnlich als Ferienzeit bezeichnet.

Fragen Sie aber einmal irgendeinen Mann, sogar einen Mann, der bis zur Unglaublichkeit in seine eigene Frau verliebt ist, welche Periode tatsächlich seine Ferienzeit ist.

Er wird Ihnen ganz offen antworten, daß seine eigentliche Ferienzeit die Periode ist, während der er allein in der Stadt bleibt.

Einer meiner besten Freunde erklärte mir, daß er gerade während dieser Periode seine wirklichen Ferien genossen hätte.

Er kam nach Hause und malte sich aus, daß seine Frau dort auf ihn wartete. Er streckte sich im Sessel aus, schloß die Augen und bildete sich ein, daß sie ihn auf die Stirne küßte. Und er blieb dort und träumte selig lächelnd.

Er träumte, daß seine Frau ihm die Pfeife ansteckte und den Aschenbecher weit fortwarf. Er träumte, wie sie murmelte: »Liebling, wirf die Asche ruhig auf den Boden, weder Parkett noch Teppich leiden darunter.«

Und zuletzt legte sie sogar seine Füße auf die Kissen.

Sie war wirklich die ideale Gattin, und er dachte an seine eigene und nicht an eine andere Frau.

Oft stellte er sich vor, daß er mit ihr den Kleiderschrank öffnete, einen jener seltsamen Hüte herausnahm und sich auf eine Diskussion über die Mode einließ.

»Ein reizender Hut«, sagte er.

»Er ist gräßlich«, sagte der Geist seiner Frau. »Ich verstehe nicht, wie du diesen ordinären und abscheulichen Deckel ausstehen kannst.«

»Du mußt dich irren«, sagte er. »Es ist einer der hübschesten Hüte, die ich je gesehen habe.«

Alsdann legte seine Frau, oder genauer der Geist seiner Frau, den Hut auf einen Sessel und forderte ihren Mann auf, sich darauf zu setzen ...

So trieb es mein Freund stets, wenn seine Frau an der See war. Singend öffnete er ihren Kleiderschrank, nahm alle Hüte heraus, die sein Mißfallen erregt hatten, setzte sie sich der Reihe nach auf und veränderte sie nach seinem Geschmack, wobei er Schere, Hammer und Zange benutzte – immer mit Zustimmung des Geistes seiner Frau.

Einmal vergnügte er sich damit, die Korksohlen ihrer Schuhe zu zerschneiden und daraus unzählige Pfropfen für Flaschen und Fiaschi zu machen.

Ein andermal kochte er in einem Topf die Gemüseverzierung eines Hutes seiner Frau und lud einige Freunde zum Essen ein.

Wenn seine Frau aus den Ferien zurückkam, mußte sie eine völlig neue Garderobe haben.

Er zahlte, fühlte sich aber glücklich.

Die zweite Periode ist eine Periode des Opfers für den Ehemann, der abreist, um an der See seine Frau zu treffen.

Er packt die Koffer und verabschiedet sich, Tränen in den Augen, von seinem Haus.

Leb wohl Einsamkeit, lebt wohl Ruhe und Stille.

Er wirft einen Blick zurück und spürt, wie sich ihm die Kehle zuschnürt. Es herrscht eine so wohltuende Halbdämmerung in seinem Haus; es ist dort so angenehm kühl.

Wenn es an ihm läge, würde er umkehren, die Koffer wieder auspacken und dableiben, um ans Meer zu denken, um sich das Meer so auszumalen, wie es ihm gefällt.

Aber es geht nicht: seine Frau erwartet ihn, und im Grunde möchte auch er sie wiedersehen.

Also schließt er die Wohnungstüre ab, bleibt einen Augenblick stehen in der Hoffnung, daß die Telefonklingel ihn zurückrufen würde, und geht zuletzt die Treppe hinunter.

Ferien an der See wären gar nicht so schlimm, wenn es nicht eine Unmenge von Dingen gäbe, die dazu beitragen, sie unerträglich zu machen.

Zum Beispiel die Frauen. Die Frauen, welche die üble Angewohnheit haben, im Badekostüm über den Strand zu promenieren und sich ins Meer zu stürzen.

Er möchte, daß die Frauen schwere Kleider trügen und zu aller Sicherheit außerdem in dicke Wolldecken gehüllt wären.

Es ist bestimmt nicht seine Schuld, daß die Frauen so sind und halbnackt über den Strand promenieren.

Und doch scheint es, als ob ausgerechnet er schuld daran sei.

Seine Frau sagt: »Diese Schamlose ist ja halbnackt.«

»Welche?« fragt er.

»Die da«, sagt seine Frau, »und du bist ein Schmutzfink, daß du sie angaffst.«

Es war ihm nicht im Traume eingefallen, sie anzugaffen.

Alles, was er tun kann, ist den Kopf abwenden, aber wohin, in Himmels Namen?

Wer an der See gewesen ist, weiß, daß es nicht den kleinsten Flecken gibt, der nicht von Frauen im Badekostüm besetzt ist, und ein Ehemann, der nicht die geringste Absicht hat, Frauen anzusehen, wird dazu gegen seinen Willen gezwungen.

Oft sieht er eine schöne Frau vorbeigehen, fühlt, wie der Blick seiner Frau auf ihm lastet, und dreht schnell den Kopf in die entgegengesetzte Richtung – gerade rechtzeitig, um sein Auge auf ein Geschöpf zu werfen, das noch provozierender ist als das erste.

Er spürt dann den Blick seiner Frau noch lastender, sieht in die Höhe, und da präsentiert sich vor ihm ein wundervoll plastischer Leib auf dem Sprungbrett.

Seine Frau tadelt ihn, und ihm fällt nichts Besseres ein, als in die Kabine zu rennen und sich dort zu verstecken.

Alle Tage ist es das gleiche.

Frühmorgens kann er nicht ausgehen: seine Frau würde sonst sagen, daß er sich von ihr entfernen wolle, um sich als Schmutzfink aufzuführen und ungeniert alle vorbeispazierenden Frauen anzugaffen.

Und der arme Ehemann fühlt sich verloren; er scheint in ein Zimmer eingesperrt zu sein, wo er notgedrungen nur mit dem Kopf gegen die Wand rennen kann.

Er möchte mit einer Binde vor den Augen ausgehen, doch seine Frau sagt, er solle ernst bleiben und nicht den Hanswurst spielen.

Wenn er mit ihr ausgeht, zieht er es vor, auf den Boden zu starren, und dann nimmt ihn seine Frau beim Arm und fragt, was denn los sei, ob das eine Art sei, spazierenzugehen, und daß er, wenn er ihr böse sei, es ihr sagen solle. Sie sagt, er solle aufpassen, wohin er die Füße setzt, und keine schlechte Figur machen, indem er Freunde und Bekannte nicht grüßt.

Der arme Ehemann versucht die Sache humorvoll zu nehmen, wird heiter, hänselt die Freundinnen seiner Frau, und schon wird seine Frau ernst und sagt, ob er vielleicht den Hahn im Korbe zu spielen gedenke, um mehr zu scheinen, als er in Wirklichkeit sei, und daß man nicht die Aufmerksamkeit auf sich lenke, wenn man den Idioten mime.

Währenddessen tut die Sonne das Ihrige: sie verleiht ihm eine schöne Bronzetönung, und seine Frau betrachtet ihn sarkastisch und sagt, ob er glaube, mit dieser Farbe diese blöden Halbnackten zu beeindrucken.

Hätte er das eher gewußt, so wäre er während der ganzen Ferienzeit völlig angekleidet, ja sogar in seiner Winterkleidung am Strand geblieben, um der Sonne zu wehren und wie ein Verdammter zu schwitzen, aber höchstwahrscheinlich hätte auch dieses Opfer keine Früchte getragen: seine Frau hätte immer etwas auszusetzen gehabt.

Zum Beispiel: »Du willst dich auch um jeden Preis exzentrisch geben, nur um aufzufallen.«

Und dann?

Dann bleibt ihm nichts anderes übrig, als das Ende dieser vermaledeiten Ferien, die er sich so gewünscht und herbeigesehnt hat, abzuwarten.

Abzuwarten, daß der Moment kommt, da er diesen Höllenstrand voller Nacktheiten, die ihm nun fürchterlich erscheinen, verläßt: der Moment, da der befreiende Zug ihn nach Hause bringt.

In sein stilles und verlassenes, kühles und halbdämmriges Haus, wo er den Blick in jede Richtung schweifen lassen kann, ohne befürchten zu brauchen, ihn senken zu müssen.

Der weiße Kragen

Die Bestimmtheit von Ehefrauen ist eindrucksvoll. Sie irren sich nie und gehen immer völlig sicher.

Die Gattin hat zum Beispiel einen weißen Kragen nötig. Sie sagt es ihrem Mann, der in die Stadt fährt. Bringe mir den weißen Kragen mit, so und so sieht er aus, sagt sie, und der Mann fragt, wo er liegt. Die Frau weiß genau, wo sich der weiße Kragen befindet. Er befindet sich unter Garantie in der ersten Kommodenschublade. Mach die erste Schublade der Kommode auf, sagt die Frau, rechts liegen zwei Hemden. Unter den zwei Hemden liegt der weiße Kragen.

Der Mann hat gut zugehört. In der Stadt macht er die erste Schublade der Kommode auf, rechts liegen zwei Pyjamas. Die Hemden liegen links, und es sind auch nicht zwei, sondern drei. Seine Frau hat gesagt, daß die Hemden rechts lägen: Müßte er nun unter den Hemden, die in Wirklichkeit links liegen, oder unter den Pyjamas, die rechts liegen, nachsehen? Er sieht unter den Pyjamas nach, und da liegt der weiße Kragen nicht. Dann sieht er unter den Hemden nach, und auch da ist der weiße Kragen nicht. Er sieht unter dem ersten, dem zweiten, dem dritten nach. Nichts. Er sieht auch auf dem Boden der Schublade nach, und als er aufs Land zurückkehrt, berichtet er seiner Frau, daß er den Kragen leider nicht gefunden hat.

Dann, sagt seine Frau, befindet er sich bestimmt im Schrank. Ja, wenn ich es mir richtig überlege, bin ich sicher, daß er dort liegt. Du mußt die Mitteltür aufmachen, dann die zweite Schublade von unten. Darin liegen zwei Pullover, ein weißer und ein blauer mit Pünktchen, neben den Pullovern liegt eine himmelblaue Hemdbluse. Und unter der Hemdbluse liegt der weiße Kragen. Der Gatte macht auf, was er aufmachen soll: in der zweiten Schublade von unten liegt ein rosa Pullover, ein brauner, ein Schlüpfer aus gelbem Stoff, eine blaue Hemdbluse. Aber kein weißer Kragen.

Bei der Rückkehr sagt er es seiner Frau, und seine Frau gibt ihm andere genaue, an Einzelheiten reichhaltige Anweisungen. Der Kragen ist nicht da. Er findet sich auch weder beim vierten noch beim fünften Mal, und seine Frau behilft sich ohne den weißen Kragen. Als sie jedoch aus den Ferien heimkommt, zeigt sie sogleich auf den Kleiderständer im Flur. Da ist ja der weiße

Kragen, sagt die Frau, du bist mit deinen Gedanken auch immer in den Wolken und findest nie etwas.

Und dann jammert sie über die Unordnung, die ihr Mann in den Schubladen angerichtet hat.

Da sind wir, unter einem Sonnenschirm am Meer, das unbewegt ist wie ein Teich.

Eine große Menschenmenge lärmt auf dem Strand und im Wasser.

Auf der Straße hinter den Kabinen dröhnen unaufhörlich endlose Karawanen von Autos, Omnibussen, Motorrädern; alle zehn Minuten donnert ein Zug über die Eisenbahnbrücke und läßt den Strand erbeben.

Schweißbäche strömen von Gesicht, Hals, Rücken; Sand klebt an Armen und Brust. Kein Lüftchen weht, und die Sonne dringt selbst in den Schatten vor.

Ein Herr aus Mailand trifft ein. Alle fragen ihn, wie es dort steht.

»Eine Hitze zum Umkommen«, sagt er, »es ist nicht zum Aushalten. Ich konnte es kaum abwarten, rauszufahren.«

Er zieht sich aus, kommt zum Schwitzen unter den Sonnenschirm und erzählt von der großen Hitze in der Stadt.

Ein Herr aus Turin trifft ein.

»Endlich bin ich hier«, sagt er. »Es ging einfach über meine Kräfte. Noch nie habe ich eine Hitze wie in diesem Jahr mitgemacht.«

Er zieht sich aus und kommt unter den Sonnenschirm, der seinen Trugschatten auf den Sand wirft.

Wir reden über die große Hitze in Mailand und Turin, und nach fünf Minuten ist auch der Herr aus Turin schweißüberströmt. Sand klebt ihm an Brust und Rücken, und er hat große Mühe, sich eine Zigarette anzuzünden.

Weiter drüben sitzt ein Herr aus Voghera, der sich mit einem Herrn aus Alessandria unterhält. Beide schwitzen wie wir und reden von ihren Städten, als seien sie glühende Backöfen.

Wir stürzen uns ins Meer, das unbewegt wie ein Teich ist, und planschen im Wasser herum, das einer etwas versalzenen lauwarmen Suppe gleicht.

Die Sonne trocknet uns im Nu, und wir beginnen wieder zu schwitzen.

Im Trugschatten des Sonnenschirmes weht kein Lüftchen.

Und wir fangen wieder an, von der Stadt zu reden. Und erinnern uns an den Nachmittag vor der Abreise. An das geschlossene Haus, die heruntergelassenen Rolläden, durch die kein Sonnen strahl eindringt, an die aufgerissenen Fenster und den Durchzug, den der Schatten des Hauses kühlt.

In der Küche fließt aus dem offenen Hahn sauberes, kühles Wasser, köstlich wie ein erfrischendes Getränk.

Die Straßen sind ruhig und still: nur hier und da hört man den fernen Lärm einer vorbeifahrenden Trambahn ...

Es ist soweit. Bald kehrt die gesamte Familie in die Stadt zurück, und dann folgt, was bei mir und allen, deren Ferien zu Ende sind und die nach Hause zurückkehren, unweigerlich folgen muß.

»Endlich sind wir wieder in unserem Häuschen«, sagt die Frau, »ich hätte es auch nicht länger ausgehalten.«

Sie stößt mit der Hüfte gegen die Kante des kleinen Tisches im Vestibül, denn sie ist nicht mehr an das Haus gewöhnt, knipst dann aber das Licht an und öffnet die Fenster.

»Ach, ich Arme!« sagt sie. »Jetzt muß ich alles in Ordnung bringen und überall putzen.«

Auf den Möbeln lagert fingerdick Staub, doch das ist nicht meine Schuld. Ich kann dem Staub nicht verbieten, sich auf die Möbel niederzulassen. Sonst scheint mir keine besondere Unordnung zu herrschen: nur ein Paar Socken liegt am Boden und die Kaffeekanne auf dem Bett. Ich habe immer darauf geachtet, die Sachen an ihren Platz zurückzustellen, denn es war mein Wunsch, meine Frau bei ihrer Rückkehr sagen zu hören:

»Ach, du Lieber! Ich finde das Haus genau so vor, wie ich es verlassen habe.«

In Wirklichkeit hat sie nichts dergleichen gesagt. Sie hat sich darangemacht, die Koffer auszupacken und die Sachen hierhin und dorthin zu schmeißen.

»Das ist schmutzig, das ist sauber, das gehört hierhin, das gehört dorthin, geh mir aus dem Wege, mach den anderen Koffer auf«, und so weiter, und so weiter.

Nun ist das Haus voller Sachen: auf den Betten, auf den Stühlen, auf den Möbeln, auf der Erde liegen Unmengen von Kleidern, Wäsche und Spielsachen herum. Offene Koffer, geschlossene Koffer, Hüte, Schuhe.

Meine Frau rauft sich die Haare, sieht sich um und sagt, daß sie noch nie eine derartige Unordnung gesehen hat und daß ein allein zu Hause gebliebener Mann schlimmer ist als ein Erdbeben.

Sie sagt: »Zum Beispiel das«, ergreift die Kaffeekanne und hält sie mir unter die Nase. Und sagt, daß sie nicht hierhergehöre und daß sie sie nun in die Küche bringen müsse. Tatsächlich bringt sie die Kaffeekanne hinaus, und in der Küche hört man, wie sie vor sich hinschimpft und mit den Töpfen klappert.

Die ligurische Riviera

*Je mehr man von der großen Welt sieht, desto
kleiner wird sie*

Die ligurische Riviera gliedert sich für den Automobilisten, der
seine eigene Frau bei sich hat, in drei sehr verschiedene Teile.

Der erste Teil erstreckt sich vom Zentrum Genuas bis Voltri;
der zweite von Voltri bis Vado; der dritte von Vado bis Grimaldi.

Der erste Teil, nämlich der von Genua bis Voltri, wird durch
Trambahnschienen gekennzeichnet, und selbige Trambahnschienen sind die Hauptsorge der Gattin, die neben dem Automobilisten sitzt. Auf dieser ersten Teilstrecke beläuft sich die von der
Gattin gestattete Höchstgeschwindigkeit auf fünfundzwanzig
Stundenkilometer, eben wegen der berüchtigten Schienen, welche, der Gattin zufolge, den Wagen bei jeder geringsten Kurve
sofort ins Schleudern bringen und an einer Mauer zerschellen
lassen können und daher größte Gefahr für die Kinder bedeuten,
die zu Hause auf ihre Erzeuger warten.

Nach Voltri, wo die Trambahnschienen aufhören, stößt der
Automobilist einen Seufzer der Erleichterung aus und gibt Gas.

Doch seine Frau, deren Gedanken immer noch den zu Hause
wartenden Kindern gelten, erinnert ihn daran, daß die Strecke von
Voltri bis Vado Ligure durch einen ununterbrochenen Strom von
Tankwagen mit Anhängern gekennzeichnet wird, die ausgerechnet in Vado Ligure Petroleum laden und es über Genua ins Innere
der Halbinsel bringen.

Diese Tankwagen bedeuten eine ständige Gefahr für die Kinder
des Automobilisten, und selbige Kinder werden von den Fahrern
der Tankwagen, die ihre Kraftfahrzeuge, immer noch der Gattin
zufolge, mit grenzenloser Unverschämtheit Vehikeln von kleine-
rer Tonnage gegenüber steuern, nicht im geringsten berücksich-
tigt.

Auf dieser zweiten Teilstrecke beläuft sich die von der Gattin
gestattete Höchstgeschwindigkeit auf fünfundzwanzig Stundenkilometer, und nach Vado Ligure – wenn der Automobilist einen
tiefen Seufzer der Erleichterung ausstößt und sagt, daß nun keine
Tankwagen mehr zirkulieren, und deshalb Gas gibt – sagt seine
neben ihm sitzende Frau, daß es eine Schande sei, auf einer so
malerischen Straße derartig zu rasen. Das Panorama ändert sich

hinter jeder Kurve, und man darf sich nicht die kleinste Einzelheit entgehen lassen.

Darum beläuft sich auch auf der dritten Teilstrecke die von der Gattin gestattete Höchstgeschwindigkeit auf fünfundzwanzig Stundenkilometer.

Vor der Abfahrt wußte ich das alles noch nicht.

Eines schönen Tages entschlossen wir uns auf Reisen zu gehen und stiegen in Genua auf der Piazza De Ferrari in den Topolino.

Wir fuhren zum Hafen hinunter, im Schritt an der Stazione Marittima vorbei, um meiner Frau Gelegenheit zu geben, einen am Kai liegenden amerikanischen Dampfer zu betrachten, und glitten langsam nach Sampierdarena, wo meine Frau, nachdem sie eine wundervolle gelbe Wolljacke in einem Schaufenster erblickt hatte (sie sagte, daß ich ihr nicht die Zeit gelassen hätte, festzustellen, ob die Taschen der Jacke aufgesetzt waren oder nicht, und das wegen der hohen Geschwindigkeit, die es einem nicht gestatte, sich das Charakteristische der Gegend anzusehen), meine Aufmerksamkeit auf ein großes Schuhgeschäft auf der rechten Straßenseite lenkte, dann mir eine typische Gasse, *carrugio* genannt, zur Linken und wieder rechts ein Schaufenster mit Strandanzügen zeigte, um gleich darauf einen Schrei auszustoßen, der mich auf die Bremse treten und den Wagen mitten auf der Straße halten ließ.

»Was ist denn los?« fragte ich und schaute mich um.

»Nichts«, sagte meine Frau, »ich habe mich mit der Zigarette verbrannt. Warum hast du gehalten?«

Ich sagte, daß ich gehalten hätte, weil ich sie schreien hörte und dachte, daß sie eine plötzliche Gefahr gesehen hätte, dann ließ ich, da eine Trambahn und ein Dutzend Autos hinter uns stehengeblieben waren, welche laut die Straße beanspruchten, wütend den Motor anspringen, der abgewürgt war, und sauste über die freie Fahrbahn.

Wir erörterten das jähe Bremsen und die Zigarettenglut, als meine Frau, den Namen auf einer Häuserwand ablesend, sagte: »*Pontedecimo*« und ich erneut die Bremsen zog und den Wagen zum Stehen brachte, so daß sie mit der Stirn gegen die Windschutzscheibe stieß.

Innerlich beglückwünschte ich die Automobilfabrik zur Güte der Bremsen und begann, nachdem sich das Thema der gestoßenen Stirn erschöpft hatte, meine Frau davon zu überzeugen, daß Pontedecimo eigentlich nicht auf unserem Weg liegen sollte.

»Wenn es doch darauf liegt, so ist es deine Schuld«, sagte meine

Frau, »ich glaube kaum, daß Pontedecimo von alleine seine Lage geändert hat.«

Ich sagte, daß sie mich mit ihrem ewigen »Sieh mal hierhin, sieh mal dorthin« vom rechten Wege abgebracht hätte, sagte, daß man einen Automobilisten in Ruhe lassen müßte, daß man ihn nicht ablenken dürfte und daß es nun höchst schwierig sei, die richtige Straße wiederzufinden.

»Du brauchst doch nur zurückzufahren«, sagte meine Frau, »bis du ans Meer kommst, dann kann man sich nicht mehr irren: bis zur Grenze liegt das Meer immer links.«

Wer in dieser Gegend nicht Bescheid weiß, argumentiert wie meine Frau bestechend logisch, doch in der Praxis gelingt es einem Automobilisten, der zwischen Genua, Sampierdarena und Pontedecimo die falsche Straße gewählt hat, nur mit Mühe, sich in diesem Straßengewirr zurechtzufinden, und wenn er sich auf seinen Orientierungssinn verläßt, landet er früher oder später vor einer Mauer und ist gezwungen, kehrtzumachen und eine Einbahnstraße in der verbotenen Richtung einzuschlagen, in die ausgebreiteten Arme eines Polizisten zu fahren, der, nachdem er die Strafe einkassiert hat, eine Reihe scheinbar leicht zu befolgender Richtungsanweisungen gibt, die schließlich zu einem Schrottdepot führen, von wo man nur im Rückwärtsgang hinausgelangen kann – unter dem Hohngelächter der Gattin, die kein Wort mehr sagt, um ja nicht die Aufmerksamkeit des Automobilisten abzulenken.

Zuletzt entschließt sich der vom beredten Schweigen seiner Gefährtin zur Verzweiflung gebrachte Automobilist, sich auf den Orientierungssinn seiner Frau zu verlassen, die ihn mittels »Biege hier ab, biege dort ab, kehre um, ich habe es doch gleich gesagt« ihn erst in einen Hof lenkt, dann aber – nachdem sie sich darüber gewundert hat, wie es möglich sei, daß die Eisenbahn, die sich erst links, dann rechts befand, sich nun von neuem links und endlich wieder rechts befindet – einen Triumphschrei ausstößt, was ein jähes Bremsen zur Folge hat, so daß sie mit der Stirn gegen die Windschutzscheibe stößt.

Da ist das Meer!

Man sieht es am Ende einer Gasse, und die Frau fragt, warum denn der Automobilist jetzt, da das Meer tatsächlich vor einem liegt, nicht weiterfährt.

Bei dieser Gelegenheit wies ich meine Frau darauf hin, daß es etwas verwegen sei, mit dem Wagen die Abfahrt über jene Treppe zu unternehmen, die ungefähr achtzig Zentimeter vor dem Kühler begann, und darum fuhren wir zurück, bogen nach rechts ab und rollten noch eine Weile dahin.

Ich nahm wieder die Richtungssuche auf, und schließlich hatte ich in Cornigliano das wunderbare Gefühl, auf der richtigen Straße zu sein.

Ich gab Gas; da aber erinnerte mich meine Frau zum ersten Mal an die Kinder, die zu Hause warteten, und sagte, ob es mir egal sei, zwei ihrer Erzeuger beraubte Waisen zurückzulassen.

Darum fuhr ich langsamer und ließ andere Wagen vorbei, die uns mit wahnsinniger Geschwindigkeit, sage und schreibe mehr als vierzig Stundenkilometern überholten, wobei sie verächtlich die Trambahnschienen herausforderten ohne jegliche Rücksicht auf ihre Familien oder die anderer.

»Aber nach Voltri«, sagte meine Frau, ohne die Schienen auch nur eine Sekunde aus den Augen zu lassen, »können wir etwas schneller fahren. Ich fühle mich sicher und habe überhaupt keine Angst.«

Wir sind im Lande der Keramik und der Terracotta angelangt. Aber es war nicht ganz leicht.

Die Schwierigkeiten, dorthin zu gelangen, nachdem man wohlbehalten das lange Band der Schienen zwischen Genua und Vado hinter sich gebracht hat, sind zahllos und wirken durch die Logik der neben dem Automobilisten sitzenden Gattin, die sie von Fall zu Fall erläutert, noch bedenklicher.

Zwischen den verschiedenen Schwierigkeiten wird der Automobilist unaufhörlich mit Ausrufen der üblichen Kategorie behagelt wie »Vorsicht! Bremse! Weiche aus, gib auf den Radfahrer acht, fahr langsamer, Achtung Kurve, du hältst dich zu sehr links, langsam« und so weiter.

Die Gattin übernimmt auch das Ablesen der Warnungsschilder, vor allem jener, welche gefährliche Kurven, Kreuzungen, Straßenarbeiten und Schulen – selbst wenn sie wegen der Ferien geschlossen sind – bezeichnen, und außerdem signalisiert sie das Nahen von Tankwagen.

Wir unterhielten uns gerade über die Tankwagen, meine Frau und ich: die Diskussion begann am Anfang einer scharfen Kurve vor einer Steigung. Meine Frau sagte, daß sie anhaltendes Hupen gehört habe.

»Zu zweit können wir sie nicht nehmen«, sagte meine Frau, »besser lassen wir erst das Auto vorbei und fahren dann hinterher. Wir haben ja keine Eile.«

Wir warteten, aber der Tankwagen überholte uns nicht.

»Du hast dir das Hupen nur eingebildet«, sagte ich.

In diesem Augenblick hupte es tatsächlich, aber der Tankwagen entschloß sich nicht, uns zu überholen.

Wir nahmen die Kurve, und da kein Tankwagen zu erblicken war, bewältigte der Wagen die steile Steigung mit Leichtigkeit, bis wir hinter einer anderen Kurve tatsächlich einen Tankwagen fanden, der aber in unserer Richtung fuhr.

Da sagte meine Frau, daß wir uns in einer gefährlichen Situation befänden, denn, so erklärte sie mit allen Details, es wären verschiedene Fälle passiert, wo der Anhänger sich vom Lastwagen gelöst hätte und Hals über Kopf den Hang hinuntergerast wäre, um an den Felsen neben der Straße zu zerschellen. Wir befänden uns nur wenige Meter hinter dem Anhänger, eigentlich in der idealen Lage, vom Schicksal einer Nuß im Nußknacker ereilt zu werden. Darum müßten wir entweder, meiner Frau zufolge, halten und warten, bis der Anhänger ein paar hundert Meter höher zerschellen würde, oder ihn, meiner Meinung zufolge, waghalsig überholen.

Ich wählte die zweite Möglichkeit, nachdem ich die ganze Verantwortung auf mich genommen hatte; und als wir vor ihm und zugleich vor einem starken Gefälle waren, setzten wir die Diskussion fort, da wir uns, meiner Frau zufolge, in einer noch gefährlicheren Situation befanden, denn es gäbe verschiedene Fälle, wo die Bremsen des schweren Fahrzeugs versagt hätten, so daß es Hals über Kopf samt Anhänger und allem sonstigen das Gefälle hinuntergerast wäre, um weiter unten an den Felsen neben der Straße zu zerschellen.

Ich brachte uns schnellstens in Sicherheit, indem ich trotz ihrer Proteste die mir gestatteten fünfundzwanzig Stundenkilometer überschritt, bis wir vor einer Eisenbahnschranke haltmachten.

Eisenbahnschranken sind typisch für diese Strecke: es gibt deren neun auf wenigen Kilometern, und fast alle sind geschlossen.

Erste Eisenbahnschranke (geschlossen). Meine Frau ruft aus: »Accidenti! Was für eine Schikane! Sie ist geschlossen, das hat uns gerade noch gefehlt!« Sie ist sehr verärgert darüber. Wir warten sechzehn Minuten; schließlich fährt ein Zug vorbei. Die Schranken heben sich, und wir überqueren den Bahnübergang.

Zweite Eisenbahnschranke (geöffnet). Meine Frau ruft aus: »Accidenti! Sie ist geöffnet!«

»Ist das nicht besser?« sage ich.

»Vielleicht haben sie nur vergessen, sie herunterzulassen«, sagt meine Frau. »Man liest so oft in der Zeitung von schweren Unfällen, die von der Vergeßlichkeit eines Bahnwärters herrühren.«

Sie setzt eine äußerst besorgte Miene auf; da ich aber am Steuer sitze, überqueren wir den Bahnübergang, und sofort danach gehen die Schranken herunter.

»Es hat nur wenig gefehlt und wir wären zwischen beiden eingeschlossen worden«, sagt meine Frau.

Dritte Eisenbahnschranke (geschlossen). Meine Frau ruft aus: »Accidenti! Wir haben wirklich Pech! Alle sind sie geschlossen!«

Ich stelle den Motor ab, und wir warten neun Minuten. Ein sehr langer Güterzug fährt vorbei, und als er vorbei ist, lasse ich den Motor an. Die Schranken heben sich nicht. Ich stelle den Motor wieder ab, und der Güterzug fährt rückwärts vorbei. Ich lasse den Motor an – nochmals kommt der Güterzug. Ich stelle den Motor ab. Schließlich heben sich die Schranken, nachdem wir Gelegenheit gehabt haben, auch die kleinste Einzelheit des Güterzuges zu betrachten. Aber es gelingt mir nicht mehr, den Motor zu starten, und eine Schlange von Autos überholt uns und fährt auf und davon. Als es mir endlich doch gelingt, zu starten, gehen die Schranken wieder herunter. Ich lasse den Motor zwölf Minuten lang laufen.

Nach dem Bahnübergang winden wir uns mit Müh und Not durch eine riesige Menschenmenge. Menschenmenge rechts. Menschenmenge links. Ab und zu sieht man einige Zentimeter Meer zwischen einem Oberschenkel und einer Wade. Auf der Straße müssen sich die Wagen mit ihren Schutzblechen Platz verschaffen, die Häuser zur Rechten sind überfüllt wie die Mailänder Trambahn zur Mittagszeit, und an den weitgeöffneten Türen hängen Trauben von Menschen.

Wir sind in Varazze, aber es scheint, als ob ganz Mailand hierher versetzt worden sei.

Endlich gelingt es uns, aus dem Gewühl herauszukommen, und wir rasen mit der üblichen Geschwindigkeit nach Celle.

Vierte Eisenbahnschranke – Celle Ligure – (geschlossen). Wir warten achtzehn Minuten, und ich mache mir Notizen. Dann heben sich die Schranken. Meine Frau fragt mich warum, da noch kein Zug vorbeigefahren ist. Ich weiß nicht, was ich darauf antworten soll. Ich werde den Bahnhofsvorsteher von Celle danach fragen.

Schließlich sind wir in Albisola. Wir parken den Topolino,

steigen aus und betrachten das spiegelglatte Meer und die Schiffe, die vor Savona Anker geworfen haben.

Aus dem Meer taucht ein runder und roter Mond auf wie die Reklame einer Keramikfabrik, ein bemalter Teller, der langsam in den Himmel steigt und silbern wird, indem er die Farbe wechselt wie Glasur im Ofen.

Man möchte fragen, wieviel er kostet, und ihn kaufen, um ihn an die Wand unseres Hauses in der Stadt zu hängen.

Wir spüren den Geschmack von Muscheln auf den Lippen, der den Wunsch nach einem Glas Nostralino erweckt.

Gibt es jemanden in dieser Gegend, der nach zehn Uhr abends nicht tanzt?

Die roten Flügel der »Moulin Rouge« winken die Pärchen heran, die unter den Bäumen der Strandpromenade spazierengehen.

Wir rennen über die Brücke durch den Gestank des Gießbaches Sansobbia und gehen Raspa tanzen.

Wenn man in einem Ort haltmacht, verläßt man ihn nicht so schnell. Vielfältig sind die Gründe, die einen dort zurückhalten: von den Freunden angefangen, die man dort trifft – und Freunde und Bekannte trifft man zu dieser Jahreszeit in Menge – bis zu den verborgenen Schönheiten dieser Ortschaften – und jede Landschaft in dieser Gegend besitzt Schönheiten, die man entdecken muß, bis zu den lokalen Spezialitäten und Trattorien, wo man wie sonst nirgendwo ißt –, findet man ungefähr alle zweihundert Meter.

Also blieben wir in Albisola; und Albisola, das bisher nur ein unscheinbares Pünktchen auf der Landkarte war, bekam bei unserer Ankunft die Bedeutung einer Hauptstadt. Wir waren kaum angekommen, als wir uns schon an einen Freund erinnerten, der dort eine der wichtigsten Keramikfabriken besitzt: so gingen wir hin, um ihm guten Tag zu sagen. Wir besichtigten die Fabrik, und der Freund bestand darauf, uns zum Mittagessen dazubehalten. Er erwähnte ein Lokal »Zum Fischlein«, wo alle Künstler sich ein Stelldichein geben und wo ein berühmter Maler die Wände bemalt und wo man unbedingt das Essen probieren müsse. Also aßen wir im »Fischlein« zu Abend und unterhielten uns über die Osteria »Zum Jäger«, wo die Portionen riesig seien. Da wir aber nicht nochmals zu Abend essen konnten, verschoben wir den Besuch auf morgen. In der Osteria »Zum Jäger« erzählte ein anderer Freund von den Wundern der Muschelfischerei und sagte, daß wir unbedingt bis zum nächsten Tage bleiben müßten, um vom Boot aus Muscheln zu fischen und sie danach auf dem Strand von Buco del Prete zu verzehren.

Also blieben wir bis zum nächsten Tag; und am nächsten Tag erstanden wir einige Flaschen Wein, zogen zum Fang aus, aßen mittags an einem kleinen Strand zwischen Felsen selbstgefischte Muscheln und begossen sie mit Nostralino, als ein anderer Freund von anderen Wundern sprach, die wir unbedingt sehen müßten.

»Von hier«, sagte meine Frau, als wir alleine waren, »kommen wir nie mehr fort. Ich befürchte, daß unsere Reise nach Grimaldi schon in Albisola endet.«

»Es war unklug von uns«, sagte ich, »hier haltzumachen. Das passiert eben, wenn man an irgendeinem Ort haltmacht. Wir müssen, ohne einer Menschenseele etwas davon zu sagen, heimlich das Weite suchen.«

Für den nächsten Morgen verabredeten wir uns zu einem Ausflug in die Berge, doch am nächsten Morgen standen wir um vier Uhr auf, schlichen auf Zehenspitzen die Treppe der Pension hinunter, stiegen in den Topolino und machten uns mit abgedrosseltem Motor auf den Weg nach Savona.

Wenn wir uns schon diese Gegend für unsere Ferien aussuchen müßten, dann würden wir abends ankommen und die Nacht in dem Zimmer verbringen, das wir uns ausgesucht haben, denn – nichts gegen Naturschönheiten, Annehmlichkeiten und so weiter – einmal kommt der Punkt, wo man daran denken muß, daß auch der Schlaf wichtig ist.

Wir sind uns darüber einig, daß hier die Nächte eigentlich erst beim Morgengrauen beginnen, weil teilweise der Mond, teilweise die Freunde, größtenteils jedoch die Wahlen irgendeiner Miss und die Tanzfeste die Ruhezeit fast gänzlich beanspruchen. Aber an einem gewissen Punkt stellt sich der Schlaf ein und die Lider werden so schwer, daß man sie einfach in einem ruhigen Bett schließen muß.

Wir haben diese Ruhe nicht gefunden. Wir suchten uns eine Pension mit Fenstern zum Meer hin aus, und als der Schlaf unsere Lider schwer machte, gingen wir zu Bett.

Kaum waren wir eingeschlafen, als ein plötzliches Hupen, gefolgt vom Schrei meiner Frau: »Paß auf!«, mich wachschreckte.

Ich riß das Steuer herum und trat auf die Bremse. Doch nachdem ich mich im Bett aufgesetzt und festgestellt hatte, daß das Bett weder Bremsen noch Steuer besaß und daß kein

Lastzug ins Zimmer eingedrungen war, versuchte ich wieder einzuschlafen.

Wieder hörte ich Motorengeräusch, andere Hupen, dann stimmte eine Tanzkapelle ein aufreizendes Lied an. Kurz darauf fuhr ein schwerer Lastzug vorbei, dann zwei Pullman-Omnibusse, ein Rennwagen mit offenem Auspuff und ein Tankwagen.

Alles untermalt von dem Knattern verschiedener Motorräder und den Aufschreien meiner Frau, die mich bat, nicht so zu rasen.

Ich dachte, daß man sich an all diesen Lärm gewöhnen müßte, aber auf einmal sprang der Schrank auf und der D-Zug Genua–Ventimiglia fuhr ins Zimmer.

»Die Eisenbahnschranke!« schrie meine Frau und hüpfte aus dem Bett. Die Pension erbebte, und als das Donnern des Zuges und die Schreckensrufe in der Pension verklungen waren, stand ich auf und machte den Schrank zu.

Der Schrank öffnete sich nicht, als eine halbe Stunde später der längste Güterzug, den ich je gehört hatte, vorbeifuhr, aber beim D-Zug Ventimiglia–Genua sprang er wieder auf.

Es mußte gegen zwei Uhr sein; der Schlaf war geflohen und sollte nicht mehr zurückkehren.

Also blieb uns nichts anderes übrig, als die Autos und Bummelzüge zu zählen und die erste Morgenröte abzuwarten.

Schlaflosigkeit

Wohin bist du gegangen, Schlaf?

Ich habe dich lange auf meinem Bett erwartet, denn allabendlich kommst du, ohne daß ich dich daran erinnere, doch heute abend bist du nicht gekommen.

Und ich wälze mich geduldig wartend schweißgebadet zwischen den Bettüchern hin und her: er wird schon kommen. Immer ist er gekommen. Aber wer weiß, wo er sich nun niedergelassen hat?

Ich habe dich flüchtig gesucht, indem ich in meinen vier Wänden auf und ab ging, ich habe im Flur nachgesehen, in den anderen Zimmern, aber auch da warst du nicht.

Stille und Einsamkeit, Schwüle und Hitze.

Ich habe mich aus dem Fenster gebeugt und auf die von wenigen Laternen beleuchtete Straße geschaut, um dich von irgendwoher kommen zu sehen, aber die Straße war verlassen. Die Häuser verschlossen und still, der Himmel voller Sterne, alles war unbeweglich in der schweißfeuchten Nacht.

Ich hoffte auf dein Kommen, aber wer weiß, wo du geblieben bist? Vielleicht haben Hitze und Schwüle dich so zerstreut, daß du dich in der Straße irrtest. Vielleicht hast du einen kühlen Ort zum Übernachten gefunden.

Dann habe ich mich auf die Suche nach dir gemacht. Ich bin dir in der Allee unter dem reglosen Laub der im Raume haftenden Bäume entgegengegangen, habe im Schatten der Straße nach dir Ausschau gehalten und gehofft, dich endlich zu finden, um dich unter den Arm zu nehmen und dich dorthin zu bringen, wo du gewöhnlich hinkommst, wo ich dich allabendlich erwarte.

Ich bin so viel herumgelaufen, ich habe dich rauchend auf einer Bank erwartet, ich bin weitergelaufen, habe einen Augenblick geglaubt, dich zu sehen, habe dich lange gähnend gerufen, aber du warst es nicht.

Ich bin wieder nach Hause gegangen und habe gedacht, daß du vielleicht durch eine andere Straße gekommen bist und daß es alles in allem besser ist, dich am gewohnten Ort zu erwarten.

Schließlich habe ich gesehen, wie der Himmel heller wurde, und da bist du gekommen, einen Haufen von Träumen und bösem Alpdrücken unterm Arm.

Nun weiß ich, wo du die ganze Zeit gesteckt hast: du hast wer weiß wo dieses Zeug gesammelt. Und du bist gekommen, um es fast schon im Morgengrauen zwischen meine Bettücher zu werfen.

Eigentlich habe ich dich nicht erkannt: du warst so anders als sonst.

Vielleicht hat dir die Hitze dieser Nacht weh getan.

»Jetzt«, sagte ich, als wir uns ins Auto setzten, »halten wir aber nicht mehr. Wenn wir halten, sind wir verloren.«

Und wir fuhren mit fünfundzwanzig Stundenkilometern über die Via Aurelia, während die Sonne in unserem Rücken langsam aus dem Meere stieg.

Wir plauderten über die Geschwindigkeit, meine Frau und ich, und obgleich es nach Vado keine Tankwagen mehr gab, empfahl mir meine Frau, doch langsamer zu fahren, damit wir die Aussicht genießen könnten, und da sie auf einmal ein verdächtiges Geräusch hinten im Wagen zu hören vermeinte, mußten wir noch langsamer fahren, um die in Albisola erworbene Keramik nicht in die Brüche gehen zu lassen. Auf diese Art und Weise sahen wir Meter für Meter die Straße der Riviera, die kleinen, noch schlummernden Ortschaften, die den Strand harkenden Bademeister, die ihre Netze einholenden Fischer. »Halt!« sagte meine Frau am Kap Noli.

Ich brachte den Wagen zum Stehen, und wir stiegen aus, um die Felsen und das Meer, den Himmel und die Sonne zu betrachten.

Wir stiegen wieder ein.

»Halt!« sagte meine Frau kaum hundert Meter weiter.

Wir stiegen aus und betrachteten die Felsen und das Meer, den Himmel und die Sonne. Wir stiegen wieder ein, um hundert Meter weiter abermals auszusteigen, und die Felsen und das Meer, der Himmel und die Sonne boten einen ganz anderen Anblick. Und einen völlig verschiedenen Anblick boten dieselben Elemente nochmals hundert Meter weiter, so daß wir wieder ausstiegen und sagten, es sei unglaublich, daß so wenige Elemente eine so große Anzahl immer verschiedener und immer bezaubernder Anblicke bieten könnten.

»Wenn wir alle fünfzig Meter halten und aussteigen, um ›Oh!‹ zu rufen, kommen wir nie an«, sagte ich. »Auf diese Art und Weise brauchen wir eine Woche bis zur Grenze, denn die ganze Straße ist so.«

Langsam setzten wir unseren Weg fort; währenddessen begann sich die Riviera zu beleben. Wir trafen die ersten Obstwagen und Fischkarren. Ab und zu überquerte ein vereinzelter Badegast, der am vergangenen Abend nicht an der Wahl einer lokalen Miss teilgenommen hatte, die Via Aurelia und ging ans Meer hinunter, um den verlassenen Strand zu genießen.

In Alassio zogen einige Geschäfte die Rolläden hinauf, und da die Badegäste sich noch im ersten Schlaf wiegten, beschlossen wir, zu halten und eine Tasse Kaffee zu trinken.

»Ist auch kein Freund in Sicht?« fragte meine Frau.

»Vorläufig keiner«, sagte ich, nachdem ich sorgfältig in alle Richtungen geblickt hatte.

Wir stiegen hastig aus und ließen den Motor des Topolino laufen. Schleunigst tranken wir unseren Kaffee und stiegen wieder ein.

»Ich glaube, daß dich jemand ruft«, sagte meine Frau.

Ich schaltete den ersten Gang ein und gab Gas. Der Wagen machte einen Satz, und ich sah im Rückspiegel einen unserer Hausnachbarn, der mit den Armen schwenkte und uns nachrannte. In hohem Tempo sausten wir über die Straße.

»Das hätten wir gerade noch geschafft!« sagte ich. »Wir liefen Gefahr, eine Woche dort zu bleiben. Wer weiß, was für merkwürdige Dinge, die man unbedingt gesehen haben muß, in Alassio sind!«

Und nach der ersten Kurve kehrten wir zur üblichen Geschwindigkeit zurück, um Gelegenheit zu haben, das Panorama zu betrachten, und um nicht die Keramik zu zerbrechen.

Die Via Aurelia zieht sich zwischen Meer und Felsen hin und macht alle Augenblicke einen anmutigen Bogen um eine Gruppe von Olivenbäumen, einen Pinienhain oder ein Geraniengestrüpp. Streckenweise wird sie von einer Doppelreihe Oleander gesäumt, dann steigt sie höher und höher bis zu einer Felsspitze, um nach einer Kurve fast bis zum Meeresspiegel abzufallen.

Sie streift eine Nelkenzüchterei, springt über ein Flüßchen, taucht unter der Eisenbahn hindurch, dringt eine kurze Strecke in den Berg ein, tritt auf der anderen Seite wieder heraus, zeigt jäh unter sich eine der unzähligen Buchten intensiven Azurs mit einigen weißen Wellenkommas und den Schwung eines dicht bevölkerten Strandes.

Sie verschafft sich Platz zwischen den Häusern von Laigueglia, Cervo oder Diano Marina, füllt sich auf einmal mit einer Gruppe von Spaziergängern, läuft wieder verlassen unter dem grünen Gewölbe eines Baumganges her, wo der Schatten kühl und wohlriechend ist, erglüht unter der blendenden Sonne, wo am Straßenrand zwischen ein paar Steinen wenige versengte Sträucher und die fetten Blätter der Agaven wachsen.

Wir betrachten all diese Wunder der Reihe nach, und jedes Wunder läßt uns das vorhergehende vergessen. Erst eine Klippe, die ins Meer taucht, dann ein Dorf, das dem Berg wie angegossen sitzt. Ein einsamer Strand und eine Kirchenfassade inmitten von Olivenbäumen.

Wir gleiten mit einer Durchschnittsgeschwindigkeit von fünfundzwanzig Stundenkilometern an diesen Schönheiten vorbei und sehen nach rechts, nach links und geradeaus.

Meine Frau kann auch nach hinten sehen und von Zeit zu Zeit kleine Verwunderungsausrufe ausstoßen. Sie erzählt mir von der Kehrseite des Panoramas, verbietet mir aber strikt, den Kopf umzuwenden. Als Chauffeur trage ich die Verantwortung, und mir ist nur erlaubt, aus den Augenwinkeln einige Besonderheiten diesseits und jenseits der Straße zu erhaschen.

Oneglia, Imperia, Porto Maurizio, San Lorenzo, Arma di Taggia.

Sie erzählt mir alles, was sie sieht, und möchte, daß ich alle Augenblicke halte, aber das ist unmöglich. Wir müssen nach San Remo, und tatsächlich kommen wir nach San Remo, nachdem wir alle Schönheiten wie die Perlen eines Kolliers an uns vorbeigleiten ließen.

»Also gut«, sagte meine Frau, »hier machen wir halt. Etappe. Wir sind schon unzählige Male wegen des Kasinos in San Remo gewesen und noch nie dazu gekommen, die Stadt zu besichtigen. Schade, denn es ist eine Stadt, die man kennen muß. Parke irgendwo, dann gehen wir zu Fuß.«

»Wo soll ich denn parken?« fragte ich, während ich im Schritt durch die Hauptstraße fuhr.

»Wir wollen einen zentral gelegenen Platz finden«, sagte meine Frau, und der Wagen bog von selbst in die Auffahrt zum Kasino ein, schwenkte nach rechts und blieb fünfzig Zentimeter vor der Fassade sanft stehen.

»Ich wußte genau, daß du hier landen würdest«, sagte meine Frau. »So ist es immer, wenn wir nach San Remo kommen, und darum kennen wir wegen deiner verfluchten Spielleidenschaft nur den Saal des Kasinos.«

»Es handelt sich nicht um eine Leidenschaft«, sagte ich, »sondern um die Tatsache, daß man, wenn man hierherkommt, nicht umhin kann, einen Katzensprung in den Spielsaal zu machen. Man setzt eine Kleinigkeit, und wenn es gut geht, geht es weiter.«

»Gewöhnlich geht es aber nicht gut«, sagte meine Frau und blieb vor der Treppe stehen.

»Es ist doch nicht gesagt, daß wir immer Unglück haben müssen«, sagte ich, während mein Blick zufällig auf die ersten beiden Zahlen meines Nummernschildes fiel.

»Dreizehn«, fügte ich hinzu, »eigentlich ist auch das ein Hinweis.«

»Es ist eine abscheuliche Zahl«, sagte meine Frau.

»Aber sogar diese Zahl kommt am Roulettetisch heraus. Außerdem sind alle Zahlen gleich: nicht die Zahl zählt, sondern die Wahl des Zeitpunktes. Wir haben uns immer von vornherein geirrt. Roulette ist keine Frage der Zahl, sondern eine Frage der Zeit. Wir irren uns, wenn wir eine gute Zahl suchen; besser nehmen wir eine x-beliebige und versuchen, den Zeitpunkt zu erraten, zu dem sie herauskommt.«

»Also gut. Welche Zahl wollen wir uns denn aussuchen?«

»Zum Beispiel dreizehn. Wir kommen an, lassen den Wagen draußen, gehen in den Spielsaal, wechseln am Tisch Geld und setzen auf die Dreizehn. Vielleicht ist alles einkalkuliert: die Kugel rollt, kreist, springt und fällt genau in diesem Augenblick in das Loch der Dreizehn. Es kann sein, daß der Zufall all unsere Handlungen so kalkuliert hat, daß er uns genau zum richtigen Zeitpunkt vor den Tisch führt. Einkalkuliert ist auch die Länge des Dialoges, den wir halten, und die Zeit, die wir brauchen, um die Treppe hinaufzugehen.«

»Wie können wir das wissen? Müssen wir rennen oder langsam gehen? Und vielleicht hat das Schicksal einkalkuliert, daß wir erst einen Kaffee trinken müssen?«

»Ich glaube nicht, daß das Schicksal den Kaffee einkalkuliert hat. Sonst hätten wir, ehe wir hierherkamen, gehalten.«

»Wieviel Benzin haben wir noch im Tank?«

»Ungefähr fünf Liter.«

»Ich glaube, daß das Schicksal die Zeit einkalkuliert hat, die nötig ist, um zu tanken. Wir sollten volltanken, hierher zurückkommen, hinaufgehen, setzen, und genau in diesem Moment wird die Dreizehn herauskommen«, sagte meine Frau und stieg wieder ins Auto. »Ganz davon zu schweigen, daß wir uns ruhiger fühlen werden, wenn der Tank voll ist.«

Auch ich stieg widerwillig in den Topolino, und wir suchten eine Tankstelle.

»Wir haben die Klippe des Kasinos glücklich umschifft«, sagte meine Frau und stieß einen Seufzer der Erleichterung aus. »Man muß dich nur irgendwie davon abbringen. Jetzt, da wir unterwegs sind, können wir eigentlich gleich nach Grimaldi weiterfahren, die Grenze betrachten und umkehren.«

»Deine Idee mit dem Benzin war sehr raffiniert«, sagte ich.

Nachdem wir getankt hatten, schlugen wir in hohem Tempo die Richtung nach Grimaldi ein, aber wir mußten wieder am Kasino vorbei, und genau am Fuße der Treppe schrie meine Frau auf, und ich hielt mit einem Ruck.

»Sieh nur«, sagte sie und zeigte auf den Kilometerzähler.

»Siebentausendsiebenhundertsiebenundsiebzig«, las ich.

»Accidenti!«

»Scheint dir das kein Wink des Schicksals zu sein, all diese Siebenen, eine nach der anderen?«

Wir parkten, gingen die Treppe hinauf, tauschten Jetons ein und setzten auf die Sieben.

»Dreizehn«, sagte der Croupier.

Eine halbe Stunde später stiegen wir wieder ins Auto.

»Wenn wir den Minimumverbrauch des Topolinos rechnen

und die Gefälle im Freilauf hinunterfahren, kommen wir gerade noch nach Hause«, sagte ich. »Höchstens müssen wir den Wagen einen oder zwei Kilometer schieben. Natürlich kann keine Rede mehr davon sein, bis Grimaldi zu fahren. Aber ich kann dir versichern, daß an der Grenze nichts Besonderes zu sehen ist: es handelt sich um eine Schranke wie bei den Bahnübergängen, die quer über die Straße geht. Nach Ospedaletti, Bordighera und Ventimiglia können wir ein andermal fahren.«

»Indem man über die Schweiz und durch Frankreich fährt«, sagte meine Frau, »kann man Grimaldi von der anderen Seite aus erreichen und so das Kasino vermeiden. Natürlich müssen wir volltanken, ehe wir in Monte Carlo halten.«

Schweigend machten wir uns auf den Rückweg.

Über die Via Aurelia, die, nachdem sie alle Perlen der ligurischen Riviera aufgereiht hat, vor dem Roulettetisch des Kasinos von San Remo jäh abbricht.

Wenigstens für mich und meine Frau.

Wir sind fürs Camping wie geschaffen

Wichtig ist, eine Richtlinie des Verhaltens festzulegen, dann findet sich immer ein Weg, davon abzuweichen

Wenn man sich entschließt, eine Ferienreise ins Ausland zu machen, verschafft man sich die Karten aller europäischen Nationen (die Amerikas, Asiens und Afrikas werden allerdings nicht in Betracht gezogen). Dann sortiert man die entfernteren Länder aus, berechnet, daß man in acht Tagen bei einem Tagesdurchschnitt von vierhundert Kilometern und zwei oder drei Ruhetagen an den interessantesten Orten im Ganzen etwa zweitausend Kilometer zurücklegen kann, und studiert die Reiseroute.

Man läßt Frankreich beiseite – das hebt man für später auf, wenn man über mehr Zeit verfügt – und konzentriert sich auf die Schweiz und Österreich.

Die Schweiz gestattet nur einen kurzen Aufenthalt, weil die Franken teuer sind und man dort mit Franken bezahlt, während man sich dagegen in Österreich in aller Ruhe und Gemütlichkeit eine Zeitlang aufhalten kann: erstens, weil in Österreich das Leben billig ist, und zweitens, weil es dort viel Schönes zu sehen gibt.

Jedenfalls behaupten das unzählige Freunde, die ihre Ferien in Österreich verbracht hatten und von diesem Lande als einem Touristenparadies schwärmten.

Also einigten Sandro und ich uns darauf; und Sandro schleppte ein halbes Kilo Prospekte und eine Unmenge nützlicher Ratschläge an. Auf der entfalteten Straßenkarte von Österreich legten wir mit dem Zeigefinger etwa tausend Kilometer zurück und bestimmten Innsbruck, Salzburg, Wien und Klagenfurt als Etappenstationen. Wir bezeichneten mit der Bleistiftspitze die Orte, die wir unbedingt besichtigen müßten: Millstatt, das bezaubernde Seestädtchen, Bad Gastein, den international berühmten Kurort, den Großglockner, das Touristenziel von Mitteleuropa, Zell am See, den weltbekannten Ort, Seefeld, Bad Aussee, Bad Ischl, eine riesige Anzahl von Bad, See, Burg, Berg, ein halbes Dutzend Unter und einige Bruck.

Sandro wies auf die Möglichkeit hin, im Engadin haltzumachen, dann ein paar Kilometer nach Deutschland hineinzufahren und auf dem Rückweg die Dolomiten des Alto Adige und, weil sie auf dem Wege lägen, der Brenta zu besuchen. Und da es sich nur um einige Kilometer handelte, sagte ich, daß wir, wenn wir doch schon unterwegs seien, auch die Valtellina mit dem Aprica, dem Tonale, dem Spluga und etliche andere Pässe besuchen und einen Abstecher in die Bergamaskischen Alpen machen könnten, ehe wir endgültig nach Hause fahren würden.

Dann erinnerten wir uns daran, daß uns nur acht Tage zur Verfügung standen. Also schoben wir Landkarte und Prospekte beiseite, entschlossen uns, die Straße nach Chiavenna einzuschlagen und Tag für Tag die jeweilige Reiseroute festzulegen. Da hatte mein Freund Sandro den glänzenden Einfall mit dem Zelt.

»Das Zelt«, sagte Sandro, »macht uns noch unabhängiger. Schon das Auto bietet Gelegenheit, uns nach Belieben zu bewegen, das Zelt aber gibt uns zudem Gelegenheit, überall dort haltzumachen, wo es uns gefällt. Wir haben den enormen Vorteil, kein Hotel suchen zu müssen, sondern auch unter freiem Himmel, fern allen menschlichen Behausungen an den wildesten und romantischsten Stätten schlafen zu können. Zum Beispiel an einem Waldrande oder am Ufer eines Sees. Wir werden zwar auf warmes Wasser verzichten müssen, aber gibt es etwas Gesünderes, als sich im eiskalten Wasser eines Baches zu waschen?«

Ich begann mich für die Vorstellung des Sich-Waschens im eiskalten Wasser eines Baches zu erwärmen.

Wir sprachen vom Gesang der Frösche und Grillen, von den geheimnisvollen Stimmen im Walde, vom Wind, der durch das Laub der Bäume bläst, vom Plätschern des Sees gegen das Ufer, vom murmelnden Bach. Und bei schlechtem Wetter besitzt auch der Regen, der auf das prallgespannte wasserdichte Zelt prasselt, seine Poesie.

Sandro hatte Camping-Erfahrung. Alle Ferien seiner Jugend hatte er unter einem Zelt verbracht, und er war imstande, ein Zelt in ungefähr einer Viertelstunde aufzuschlagen.

Schnell gingen wir eines kaufen und eilten wieder nach Hause. Wir machten das Paket auf und breiteten die Bahnen im Eßzimmer aus, um der Familie zu zeigen, wo wir zu schlafen beabsichtigten. Die Unmöglichkeit, die Heringe im Parkett einzuschlagen, hinderte uns daran, einen genauen Eindruck unserer Bleibe zu geben. Aber es gelang uns, die unteren Zipfel der Bahnen an den Möbelfüßen festzubinden und das Dach an die Kette des Lüsters anzuknüpfen.

Sandro erklärte mir, daß wir unterwegs nicht solche Schwierigkeiten haben würden; wir würden wohl kaum in die Verlegenheit kommen, das Zelt in einem Eßzimmer aufschlagen zu müssen, und er erklärte mir ungefähr die Handgriffe.

Tatsächlich gibt es nichts Einfacheres und Leichteres: sogar ein Kind kann in wenigen Minuten ein Zelt zünftig aufschlagen.

»Das Abbrechen geht noch schneller«, sagte Sandro, und wirklich löste sich die Kette von der Decke und das Zelt sank auf dem Boden zusammen, wobei es zumindest den Krach des fallenden Lüsters dämpfte.

»Da habt ihr wieder etwas Schönes angerichtet«, sagte meine Frau.

»Im Freien kommt so etwas nicht vor«, sagte ich.

Wir rollten die Zeltbahnen zusammen und riefen den Elektriker an.

Wir beschafften uns alle für eine Auslandsreise nötigen Papiere, erstanden Franken und Schillinge, machten das Auto startbereit – unsere Frauen stopften den ganzen vorhandenen Gepäckraum mit Wollpullovern und Wolldecken voll – und fuhren, nachdem das Zelt sorgfältig auf den Koffern verstaut worden war, entschlossen in Richtung Lecco, Chiavenna zum Engadin.

Kaum hatten wir die Stadt hinter uns, als wir auch schon Wunder über Wunder zu entdecken begannen.

Wir fühlten uns unbeschwert und glücklich: der Himmel schien blauer als gewöhnlich zu sein, und die in der Landschaft verstreuten Häuschen und Höfe glichen kleinen Paradiesflecken.

Wir unterhielten uns über unsere wunderbar asphaltierten und gepflegten Straßen, über die vollkommene Touristenorganisation, die den Automobilisten weder über die Marke der Nähmaschine, die er erwerben muß, noch den besten heute im Handel befindlichen Panettone im Zweifel läßt. Die Hunderte von Reklameschildern, welche die Straße säumen, geben nicht nur gute Ratschläge, sondern verschönern außerdem durch ihre grellen Farben die Aussicht.

Ein Mann, der aus einem ausländischen Wagen stieg, gestikulierte mitten auf der Straße und bedeutete uns anzuhalten. Wir hielten, und der Mann sprach englisch. Wir begriffen, daß er kein Wort Italienisch kannte, und begriffen auch, daß er glaubte, sich verfahren zu haben. Er zeigte auf eine große rotschwarze Reklame mit der Aufschrift *San Remo*.

»Wir Schweiz«, sagte er, »nicht San Remo.«

»Yes, ganz richtig«, sagte Sandro und versuchte seinen Worten einen englischen Tonfall zu geben. »Sie not geirred. Dieses Schild Brobaganda.«

Der Mann verschluckte einige Worte und stieg wieder ein. Wir trafen ihn nochmals, als er unter einem Reklameschild für Abführmittel namens *San Pellegrino* mit den Armen fuchtelte.

Wir erklärten ihm, daß es nicht die Straße nach San Pellegrino sei, und noch etwas weiter, daß es nicht die Straße nach *Olivetti* sei.

»In Chiavenna«, sagte Sandro, »wird er sich wahrscheinlich überlegen, ob Chiavenna ein Abführmittel oder die Marke einer Schreibmaschine ist.«

Das letztemal fanden wir ihn unter einem Schild mit der Aufschrift *Salsomaggiore*, fuhren aber an ihm vorbei, denn er schien wütend zu sein und hatte Tränen in den Augen.

Wir machten halt, um den Comer See zu betrachten.

»Das dort«, sagte Sandro und zeigte auf eine grasbewachsene Stelle zwischen Bäumen und See, »ist der ideale Zeltplatz.«

Aber es war erst gegen neun Uhr morgens, und wir mußten noch die Schweiz durchqueren und vor Abend in Österreich sein.

Wir setzten unseren Weg zur Grenze fort.

Wenn wir eine Grenze überschreiten, fühlen wir uns immer etwas eingeschüchtert. In Villa di Chiavenna hielten wir und sahen uns an, Sandro und ich. Wir prüften schnell unser Gewissen und konstatierten, daß keiner von uns beiden danach aussah, irgend etwas zu schmuggeln. Wir hatten zwei gewöhnliche Gesichter mit ehrlichem Ausdruck und versuchten, die Ehrlichkeit unseres Gesichtsausdrucks noch zu erhöhen. Dadurch gaben wir uns die Visagen zweier Schwachsinniger, so daß jeder, der uns sähe, unverzüglich denken müßte, daß wir gänzlich unfähig seien, irgend etwas zu verbergen. Dann fiel uns jedoch ein, daß die Schmuggler mit Konterbande zwar ein-, nicht aber ausreisen, und daß wir zwei Schmuggler sein könnten, die ohne etwas ausreisen, um später mit den Sachen wieder einzureisen.

Wir sahen nach, ob wir alle nötigen Papiere bei uns hatten – das Dokument, das man gewöhnlich vergißt, wenn man ins Ausland fährt, ist der Paß –, und präsentierten uns an der Zollschranke.

Nachdem die Grenzformalitäten schnell erledigt waren (die Zollbeamten schenkten unseren Gesichtern dabei keinerlei Beachtung, sondern beschäftigten sich nur damit, Papiere zu stempeln, Kontrollstreifen abzureißen, Nummern aufzuschreiben,

Marken zu kleben), stiegen wir wieder ein, um zwanzig Meter weiter vor anderen Zollbeamten zu halten, die nochmals begannen, Papiere zu stempeln, Kontrollstreifen abzureißen, Marken zu kleben und Nummern aufzuschreiben.

Schließlich befanden wir uns auf fremdem Territorium in Freiheit.

Und betraten eine völlig neue Welt.

So wie man beim Umschlagen einer Buchseite das Bild einer anderen Landschaft erblickt, ändert sich nach der Grenze jäh der Aspekt des Panoramas.

Keine Kastanienbäume und Dornengebüsche mehr, sondern geschorene Wiesen und später moosbedeckte Felsen und riesige Tannen.

Die Straße klettert in weiten Windungen auf die Berge, und der Topolino gleitet mühelos über das Steinpflaster, das einem Mosaik gleicht.

Rechts Tannen, links Tannen, und jenseits davon nochmals Tannen, und darüber breiten sich einige Schneetaschentücher auf den Gipfeln zum Trocknen aus.

»Ich kann mein Staunen nicht in Worte fassen«, sagte Sandro. »Ich bin nicht imstande, all diese Wunder zu beschreiben.«

»Ich schweige«, sagte ich, »und beschränke mich darauf, den Topolino zwischen den Straßenrändern zu halten. Ich fühle, wie er in das Dickicht des Waldes oder in jenes herrliche Tal stürzen möchte. Diese Wagen scheinen eine Seele zu besitzen. Auch sie sind empfänglich für alle diese Wunder der Natur.«

»Laß deine dummen Scherze«, sagte Sandro.

Wir waren auf dem Maloja-Paß.

Wir stiegen aus, um die Luft auf 1800 Meter einzuatmen und die ersten Ansichtskarten abzuschicken.

Die erste Handlung des Auslandsreisenden ist die, Freunden Ansichtskarten zu schicken. Daher kauft der Auslandsreisende, sobald er durch einen Ort mit einem gewissen Ruf kommt, unverzüglich Ansichtskarten und beginnt, die Ellenbogen auf ein Tischchen oder ein Steinmäuerchen gestützt, am Bleistiftende zu kauen.

Denn auf einmal entziehen sich die Namen der Freunde und Bekannten dem Gedächtnis, im günstigsten Falle nur der Straßenname oder die Hausnummer.

Unterwegs stellen sich die Namen wieder ein, aber am nächsten Ort hat man sie wieder vergessen.

In meinem Fall sieht die Sache mit den Ansichtskarten allerdings anders aus. Natürlich suche ich die schönsten aus, lege sie aufeinander, sehe sie dann Stück für Stück durch und murmele dabei: »Diese ist zu schön, diese ist zu schade für Titus, und bei dieser wäre es eine Schande, sie Cajus zu schicken.«

Wenn ich sie alle mehrmals vergeblich durchgesehen habe, um eine Karte zu finden, von der ich mich ohne Bedauern trennen könnte, stecke ich sie in einen Umschlag und den Umschlag in die Tasche.

Nachdem wir solchermaßen mit den Karten fertig geworden waren, folgten wir wieder der Straße zum Engadin und fuhren in das Etikett einer Schokoladentafel.

Ein lebendes Etikett, wo die Kühe auf den Weiden sich bewegten, wo die Sennerinnen mit der Hand winkten, wo alles frisch bemalt und angestrichen schien, auch die sich bewegenden Gestalten.

Alles war schmuck und rein: Die Wiesen schienen eben erst gewaschen zu sein und die Häuschen mit den von Oma gestickten Fenstergardinen gerade aus dem Waschtrog zu kommen, um an beiden Seiten der Straße hier und da verstreut in der Sonne zu trocknen.

Wahrscheinlich ziehen die Talbewohner vor Morgengrauen aus, um die Häuser zu waschen, die Wiesen, Bäume, Felsen und die Straßen abzustauben und so das Engadin für die vorbeikommenden Touristen bereitzumachen, um jedes Staubkörnchen, jedes Schmutzfleckchen zu entfernen, damit der Tourist alles reinlich und ordentlich vorfindet und den Wunsch hat wiederzukommen.

»Wo soll ich den Zigarettenstummel hinwerfen?« fragte Sandro.

Wir fanden an der Straße keinen Aschenbecher.

Er hielt ihn fest, bis er sich die Finger verbrannte, dann blickte er sich um, sah, daß die Straße verlassen war, und warf ihn hinaus. Ich gab schleunigst Gas.

Sogleich wird wohl ein Talbewohner mit Besen erschienen sein, um ihn wegzufegen.

Vielleicht mußte man aussteigen und gegen die Tür eines der Häuschen klopfen.

»Verzeihung!«

Hineingehen, die Kippe im Aschenbecher auf dem Tischchen im Flur ausdrücken, sich bedanken, wieder einsteigen und die Fahrt durch das Schokoladentafel-Etikett fortsetzen, das in Villa di Chiavenna beginnt und in Martinsbruck endet. Vielleicht tun das die Touristen, die durch das Engadin fahren.

Wir hielten, um vor Silvaplana die Seen aus Porzellan zu betrachten, fuhren in Sankt Moritz durch einen riesigen, mit großen Hotels besäten Garten.

Wir stiegen aus, um weitere Ansichtskarten zum Versand zu kaufen, steckten sie in einen Umschlag und den Umschlag in die Tasche.

Es kam uns vor, als ob ein Greis uns streng ansah.

Wir hatten einige Schmutzabdrücke auf dem Straßenasphalt hinterlassen.

»Vielleicht«, sagte ich, »muß man sich die Schuhe putzen, ehe man das Engadin betritt.«

Aber wir hatten an der Grenze keinen Schuhputzer gesehen.

Später sagte Sandro, es sei an der Zeit, das Zelt aufzuschlagen.

Wir blieben am Ufer eines kleinen Sees stehen, luden die Zeltbahnen aus und sahen uns um.

Alles war sauber und ordentlich!

Es wäre eine Schande, diese Harmonie zu stören. Wir waren unrasiert, trugen alte Hemden. Vielleicht müßten wir einen halben Franken Strafe für ein Fettfleckchen auf den Revers unserer Jacken zahlen.

Wir verstauten das Zelt wieder im Topolino und warteten die Dunkelheit ab. Dann suchten wir ein kleines Gasthaus mit Omas gestickten Fenstergardinen.

Und versteckten uns in einer winzigen Kammer, die einer Holztruhe glich.

Heute morgen legen wir die letzte Engadinetappe zurück, verlassen das Schokoladentafel-Etikett, beweisen den schweizerischen und österreichischen Zollbeamten, daß wir wirklich wir sind und der Topolino wirklich der Topolino, und Österreich empfängt uns, indem es vor den Rädern unseres kleinen Wagens eine ungeheuer breite, blitzblanke Asphaltchaussee ausbreitet, die eben gebohnert zu sein scheint.

Der Wagen gleitet lautlos zwischen Tannen dahin und wundert sich, kilometerlang nicht der geringsten Bodenunebenheit zu begegnen.

Er überlegt sich, wie es nur möglich sei, daß der Asphalt so blitzblank ist und man für kein Geld der Welt ein Loch findet, und wir wissen nicht recht, was wir antworten sollen.

Mein Freund Sandro sitzt neben mir, bemerkt, daß ihm seit

einiger Zeit kein einziges Reklameschild den berühmten Panettone empfiehlt und er darum keinerlei Gewissensbisse verspürt, wenn er ihn nicht ißt.

Offenkundig werden die Österreicher hinsichtlich der Näh- und Schreibmaschinenmarken in quälender Ungewißheit gelassen. Sie wissen nicht, welcher Magenbitter sie am besten verdauen läßt und welcher Käse auf allen Tischen zu stehen hat.

Deshalb tragen alle in dieser Gegend eine ernste und besorgte Miene zur Schau.

Manchmal trifft man irgendeinen einsamen Fußgänger, der fieberhaft, doch vergeblich ein Reklameschild sucht, das ihm den richtigen Weg weist. Autos halten am Straßenrand, und Touristen steigen aus und werfen einen Blick in den Wald, um nachzusehen, ob sich dort nicht irgendein Hinweis auf elegante Krawatten befindet oder auf ein Mineralwasser, das den Nieren besonders zuträglich ist.

Wir bemerken, daß keiner sich damit befaßt, die Landschaft zu verteidigen, indem er vor den Panoramen gigantische Reklametarnungen aufstellt – also können wir alles sehen. Immer noch haben wir das Zelt bei uns und können es kaum mehr erwarten, es in einer kleinen grünen Wiese unter Tannen aufzuschlagen. Wir haben Hunderte von bezaubernden Fleckchen gesehen, meinen aber, daß noch weitere hundert vor uns liegen.

Und so fahren wir ins Tal hinunter, überbrücken von Zeit zu Zeit den Inn, der sich von den Seen des Engadins kommend hindurchschlängelt, klettern die Bergflanken hinauf und dringen in enge schattige Schluchten ein. Und von Zeit zu Zeit öffnet sich rechts oder links eine weite Talebene, hier und da taucht aus dem hellen Grün der Wiesen und aus dem dunklen Grün der Wälder ein spitzer Kirchturm auf, der einem frischgespitzten Bleistift gleicht.

Wir erblicken am Berghang klebende Dörfer, vereinzelte Häuser im Talgrunde. In Landeck machen wir halt.

Wir sind nicht ganz sicher, ob es sich um eine wichtige Stadt handelt. Sandro sagt aber, es mache nichts aus, ob sie wichtig sei oder nicht. Hauptsache wäre, sie sei schön. Und wir müßten unseren Freunden nicht nur von wichtigen, sondern auch von schönen Städten Ansichtskarten schicken.

Sandro leckt an verschiedenen wunderbaren Briefmarken und sagt, daß der Klebstoff abscheulich schmecke.

»Hier haben sie eben andere Geschmäcker«, sage ich. »Du wirst sehen, daß wir heute abend mit Zucker angemachten Salat und

Spaghetti mit Marmelade zu essen bekommen. Jedes Land hat seine eigene Küche.«

»Augenblicklich handelt es sich um Briefmarken und nicht um die Küche«, sagt Sandro. »Sie müßten die Marken ›alla Italiana‹ machen. Auf der Rückseite natürlich, denn die Vorderseite ist wirklich erstaunlich. Klebe mit Anis-, Pfefferminz-, Himbeer-, Zitronengeschmack und so weiter. Vor allem bei den Blumenserien.«

Wir stecken die Ansichtskarten in die Tasche, denn wie gewöhnlich sind sie zu schön, um sie Freunden zu schicken, und machen uns wieder auf den Weg.

Nun sind wir in Innsbruck. Es ist noch früh, aber wir müssen uns etwas ausruhen. Die Sonne geht gerade unter, und zu dieser Stunde herrscht reges Leben in der Stadt.

Wir betrachten die blumengeschmückten Balkone der Häuser, die Trambahnen, die sich aus einem alten Stich zu lösen scheinen, die Leute, die ohne stehenzubleiben vorbeikommen. Wir setzen uns in ein Café.

Keiner von uns kann Deutsch.

»Redest du nun oder rede ich?« sagt Sandro.

Wir verabreden, daß einmal er, einmal ich reden soll, immer abwechselnd.

Wir losen, und er kommt als erster an die Reihe.

»Ju spick inglisch?« sagt Sandro zur Kellnerin.

»Naen«, sagt die Kellnerin und schüttelt den Kopf.

»Um so besser«, sagt Sandro. »Ich nämlich auch nicht. Jetzt bist du an der Reihe.«

Ich versuche mich an irgendein Wort zu erinnern, das ich vor Jahren gelernt habe, und mir fällt »Kartoffel« ein. Es ist ein Wort, das ich gerne sagen möchte, um Sandro zu zeigen, daß ich etwas von dieser Sprache kenne, aber es scheint mir nicht angebracht, Kartoffeln in einem Café zu bestellen. Der Augenblick der Kartoffeln würde noch kommen.

»Pernod«, sage ich unvermittelt, und die Kellnerin nickt zum Zeichen des Verstehens und trippelt davon.

»Ich habe mich doch gut aus der Affäre gezogen«, sage ich, aber Sandro meint, daß es sich um ein internationales Wort handele. Einerlei. Wichtig ist, daß man sich verständlich macht.

Wir trinken in kleinen Schlucken den Pernod und denken an das Zelt. Ich weiß, daß Sandro daran denkt, jedoch nicht wagt, davon zu sprechen. Er müßte sagen: »Jetzt wollen wir irgendwo außerhalb der Stadt das Zelt aufschlagen«, aber er sagt es nicht. Er wartet darauf, daß ich es sage. Ich aber rede von den Schönheiten, die wir unterwegs gesehen haben, und sobald ich aufhöre, schneidet er schleunigst ein anderes Thema an.

Das Zelt liegt im Auto, zusammengerollt und mit ein paar Riemen verschnürt. In Reichweite der Passanten. Wir achten nicht darauf. Wenn sich doch nur eine Hand schnell ausstrecken und es davontragen würde! Dann wäre das Problem gelöst. Gibt es denn in ganz Innsbruck keinen Menschen, dem ein Zelt gelegen kommt? Gibt es denn kein verdächtiges Gesicht in dieser Gegend?

Wir gehen einmal um den Block und lecken in einem Geschäft der Hauptstraße an Briefmarken. Als wir zurückkommen, ist das Zelt noch da. Im offenen Wagen ist noch alles da.

»Na schön, erst wollen wir essen gehen«, sagt Sandro, »dann sehen wir weiter.« Wir setzen uns in ein Restaurant.

»Kartoffel«, sagt Sandro, ehe ich den Mund aufmachen kann, und sieht mich stolz an, weil er mir im Nu gezeigt hat, daß er die Sprache gründlich kennt.

Doch jetzt habe ich Zweifel, ob er nicht etwas anderes zu sagen beabsichtigte, denn beim Anblick der Kartoffeln hat er die Stirn gerunzelt.

Inzwischen ist es Abend geworden und zu dunkel, um noch das Zelt aufzuschlagen. Wir sind beide dieser Meinung und lassen Zelt und Gepäck in ein Hotelzimmer bringen.

Die Müdigkeit beginnt sich unserer zu bemächtigen, wir schließen die Augen und träumen von riesigen Tannenwäldern und spitzen Kirchtürmen, die Bleistiften gleichen.

Unsere Reise durch Österreich wird immer interessanter. Die Tage sind voll neuer Entdeckungen, und die wichtigste besteht darin, daß es uns gelingt, ohne ein Wort Deutsch zu können, uns verständlich zu machen und zu verstehen.

Wenn wir eine Auskunft haben müssen, halten wir einen Fußgänger in kurzen Hosen an – alle tragen dort kurze Wildlederhosen – und bitten um Auskunft, auf Mailändisch, wenn ich spreche, auf Parmaisch, wenn mein Freund Sandro spricht. Der Fußgänger in kurzen Hosen setzt unmittelbar darauf eine Art Motor in Bewegung und produziert mit dem Mund ein Geknatter von »hak, broch, gut, schach« und so weiter, wobei er den Eindruck erweckt, vom dritten in den vierten Gang zu schalten, und fuchtelt mit den Armen einmal in die eine, einmal in die andere Richtung.

Wenn er den Motor abstellt, danken wir ihm höflich und schlagen die erstbeste Straße ein.

Mit dieser Methode hätten wir uns tausendmal verirren und schließlich vielleicht zum Ufer der Ostsee gelangen müssen, doch statt dessen erreichten wir Salzburg auf dem kürzesten Weg, indem wir durch Deutschland abschnitten.

Nun befinden wir uns in einem Zimmer des Hotels »Zur Blauen Gans«. Einem zu kleinen Zimmer, um darin ein Zelt aufzuschlagen. Denn diesmal waren wir fest entschlossen, das Zelt irgendwo in der Gegend von Salzburg aufzuschlagen.

Felsenfest entschlossen waren wir und suchten uns schon einen Zeltplatz aus, als sämtliche Wolken Österreichs sich über Salzburg zusammenballten und den prasselndsten Regen, den wir je gesehen hatten, über unser Auto ausgossen.

Hätte es zu regnen angefangen, wenn das Zelt schon aufgeschlagen gewesen wäre, so hätten wir keine Angst vor all dem Wasser gehabt. Mein Freund Sandro hat garantiert, daß kein einziges Tröpfchen Wasser durch die Bahnen kommt, doch um ein Camping vorzubereiten, bedarf es einer gewissen Zeit, und wir hatten nicht die Absicht zu baden.

Wir warteten etwa eine halbe Stunde und suchten dann, als wir sahen, daß der Regen keine Anstalten machte, aufzuhören, ein Hotel.

»Auf die Gefahr hin, daß wir das Zelt im Zimmer aufschlagen«, sagte Sandro, »denn heute nacht möchte ich im Zelt schlafen.«

Aber er mußte die Idee aufgeben, denn das Zimmer war zu klein, und deshalb legten wir das Bündel in den Schrank und dachten nicht mehr daran.

Die Sache mit dem Camping begann uns langsam auf die Nerven zu gehen. Heute morgen in Innsbruck hatte ich das Zelt im Zimmer vergessen, aber der Hausknecht brachte es herunter.

Sandro sagte, ich hätte es absichtlich vergessen, um es loszuwerden, und schimpfte mich deswegen aus. Dann aber schleppte er das Gepäck zum Auto und vergaß dabei das Zelt in der Empfangshalle des Hotels, und ich hütete mich, ihn daran zu erinnern.

Ich startete den Motor, und dem Hausknecht gelang es gerade noch, das Bündel auf die Koffer zu schleudern.

Nun schimpfte ich Sandro aus und sagte, daß er, wenn ihm das abenteuerliche Zeltleben nicht gefiele, wenigstens nicht darauf hätte bestehen sollen, ein Zelt zu kaufen. Wir könnten sehr gut in Hotels übernachten, was wir ja übrigens auch täten.

Also schwor Sandro, daß nichts auf der Welt ihn heute abend davon abbringen könnte, seine Meinung zu ändern, um mir zu beweisen, daß ich unrecht hatte, aber dann kam der Regen und nach dem Regen das zu kleine Zimmer.

Das Wasser prasselt gegen die Fensterscheiben, und das Zelt hohnlächelt im Schrank. Doch dieses kleine Zimmer ist bequem und das Bett warm.

Ich sehe wieder Kilometer für Kilometer die ganze lange Straße vor mir und ziehe mein Notizbuch heraus, denn mein Gedächtnis hat Anhaltspunkte nötig.

Da steht geschrieben: »Bei der Abfahrt in Innsbruck machen wir uns Sorgen.« Ich erinnere mich nicht mehr, warum wir uns bei der Abfahrt von Innsbruck Sorgen machten, und frage Sandro danach. Sandro sagt, daß wir uns Sorgen machten, weil wir befürchteten, nicht durch das Stückchen Deutschland fahren zu können. In der Tat braucht man für Deutschland ein Visum. Statt dessen trafen wir an der Grenze Deutsche, die wirklich wie Deutsche angezogen waren, aber noch holpriger sprachen. Nachdem sie uns eine Unmenge erzählt hatten, händigten sie uns ein Papier aus, welches blindlings zusammengestellte Buchstaben bedeckten (man nehme tausend Buchstaben des Alphabets, mische sie, füge einige Dutzend H's und K's dazu, fische dann mit geschlossenen Augen einen Buchstaben nach dem anderen heraus und lege sie in eine Reihe), es uns aber trotzdem ermöglichte, das Stückchen Deutschland zu betreten. Wir rasten hindurch, lieferten das Papier an der anderen Grenze wieder ab und befanden uns von neuem in Österreich. Alles ganz selbstverständlich. Wir hatten den Eindruck, daß die Zollwächter bei der Einfahrt überaus höflich darum baten, den Zollwächtern bei der Ausfahrt Nachrichten zu überbringen, und diese ergingen sich nach Erhalt dieser Nachrichten in Höflichkeit und Entschuldigungen.

Im Notizbuch steht weiter: »Straße, Baum, Kind«, und ich erinnere mich, bemerkt zu haben, daß die Straße sich kilometerlang durch eine breite Ebene voller Wiesen und Weiden hinzieht und dabei launisch einmal nach rechts, einmal nach links eine Kurve macht. Hier eine weite Kurve, um einen Baum zu umgehen, dort eine andere Kurve, um man weiß nicht was zu umgehen.

Wahrscheinlich ein Kind, das auf dieser Wiese spielte, als man die Straße baute, oder einen Wanderer, der die Aussicht genoß. In dieser Gegend ist man so gut erzogen.

Das Wasser prasselt gegen die Fensterscheiben, das Zelt grinst im Schrank, und der Topolino schlummert in einer fernen Garage am Rande von Salzburg.

Würde es uns gelingen, am nächsten Morgen die Garage wiederzufinden? Wahrscheinlich wissen alle, um welche Garage es sich handelt: es muß die einzige Garage in dieser Stadt sein, wo die Autos die ganze Nacht mitten auf den Plätzen oder an den Straßenrändern parken.

Doch es regnete so heftig, daß wir auch eine Unterkunft für unseren braven Wagen finden wollten, der so ruhebedürftig war. Ein trockenes Pflaster, wo er seine müden Räder ausstrecken konnte.

Der Stadtplan

Es war noch vor Morgengrauen.

Die Fenster der Häuser waren geschlossen und die Straßen verlassen. Der Stadtplan lag vor mir auf dem Tisch. Die Ellenbogen aufgestützt, die Hände unterm Kinn, betrachtete ich ihn aufmerksam.

Den Plan bedeckten Namen, Namen von Straßen und Plätzen, und Nummern, Nummern der Trambahnen, er war ein Mosaik aus lauter kleinen rosa Rechtecken.

Die grünen Flecken der Anlagen hoben sich deutlich vom Rosa der Häuser und vom Weiß der Straßen ab.

Auf einmal verschwanden die Namen, und es blieben nur die weißen Straßen und die rosa Häuser zurück. Alle Häuser der Stadt, auch mein eigenes.

Ich fand es zwischen den vielen und dachte, daß ich mich in dem winzigen rosa Rechteck befand und, die Ellenbogen auf den Tisch gestützt, die Hände unterm Kinn, den mikroskopischen Stadtplan betrachtete.

Und mit mir waren so viele andere Leute, über mir, unter mir, in anderen Häusern, Leute, die schliefen, Leute, die ruhten oder gerade aufstanden.

All die kleinen, kaum konfettigroßen Rechtecke waren voller Menschen.

Dann kam die Morgenröte, und die jüngsten Sonnenstrahlen färbten die Dächer der Häuser, der Himmel war am Horizont heller geworden, und die ersten Geräusche der Straße wurden hörbar.

Wenn ich genau hinsah, konnte ich sehen, wie die ersten schwarzen Pünktchen aus den rosa Rechtecken kamen, durch eine weiße Straße auf dem Stadtplan liefen, die Straße überquerten und in ein anderes rosa Rechteck gingen.

Nach und nach füllten sich die weißen Straßen des Stadtplans mit schwarzen Pünktchen.

Sie glichen unzähligen kleinen Ameisen, die sich begegneten, folgten, überholten.

Einige große liefen schnell über die rosa Linien der Trambahn, hielten an den Straßenecken, wo Grüppchen schwarzer Pünktchen auf sie warteten und verschwanden, wenn sie kurz gehalten hatten.

Es waren Straßenbahnwagen, die sofort ihren Weg fortsetzten, um etwas weiter wieder zu halten.

Der Stadtplan belebte sich, je später es wurde, mehr und mehr. Die schwarzen Pünktchen überfüllten das Zentrum, überfüllten die Plätze und Alleen, wo Markt gehalten wurde. Winzige Pünktchen rannten über die grünen Flächen der Anlagen: es waren wohl spielende Kinder.

Ich folgte einem schwarzen Pünktchen auf der Karte.

Das schwarze Pünktchen ging durch eine der letzten Straßen am Stadtrand. Ein anderes schwarzes Pünktchen kam ihm entgegen. Sie blieben eine Weile stehen, vielleicht zwei Frauen, die ein Schwätzchen machten.

Dann nahmen die beiden schwarzen Pünktchen wieder ihren Weg auf. Ich folgte immer noch mit dem Blick demjenigen, das sich vom Stadtzentrum entfernte. Jetzt hatte es die Stadtgrenze erreicht; die Straße, durch die es ging, war nur durch zwei Linien angegeben und nicht von Häusern flankiert.

Das schwarze Pünktchen blieb genau am Ende des Stadtplanes stehen, denn jenseits davon gab es keine Straßen, keine Häuser, keine Bauplätze mehr, nur noch den weißen Rand und dann die Tischplatte.

Das schwarze Pünktchen ging schnell dieselbe Straße zurück, gesellte sich zu einigen anderen schwarzen Pünktchen, und zusammen kehrten sie zum Rand des Stadtplanes zurück.

Da nahm ich ein Blatt Papier und etwas Leim, klebte das Blatt Papier an den Stadtplan und zeichnete mit einem Bleistift andere Straßen und Häuser, die ich rosa anmalte.

Es waren neue Häuser und gerade Straßen und große Plätze, und in kurzer Zeit bevölkerten sich auch diese mit schwarzen Pünktchen.

Mit der Bleistiftspitze berührte ich den geschäftigsten Punkt des Stadtplanes, die Hauptstraße der Stadt, die beinahe schwarz war, eine so große Menge hatte sich dort eingefunden.

Alle Pünktchen flohen wie Ameisen vor der Bleistiftspitze,

bogen in die Seitenstraßen ein, verschwanden in den rosa Rechtecken der Häuser.

Ich verfolgte sie in allen Straßen, und bald war der Stadtplan verlassen.

Die Trambahnen hielten in den Straßen und an den Endhaltestellen.

Nach und nach begannen die schwarzen Pünktchen wieder aus den Häusern zu kommen und Straßen und Plätze zu überqueren.

Ich feuchtete die Zeigefingerspitze an und drückte sie auf den Stadtplan: vier bis fünf schwarze Pünktchen blieben daran hängen.

Ich legte sie auf eine Zeitung, aber sie müssen sich zwischen all den Druckbuchstaben verloren vorgekommen sein. Vergeblich rannten sie zwischen den Zeilen auf der Suche nach einem Haus oder einer Straße hin und her.

Ich setzte sie weit von der Stelle, wo ich sie hergeholt hatte, in die Stadt zurück.

Jetzt mußten sie die Trambahn nehmen, um nach Hause zu kommen.

Ich faltete den Stadtplan zusammen.

Alle Pünktchen rollten in die Falten.

Ich steckte den Stadtplan in die Tasche.

Später fühlte ich, als meine Hand in die Tasche glitt, ein warmes Kribbeln zwischen den Fingern.

Mit Hilfe eines Stadtplanes fanden wir die Garage, nachdem wir unterwegs mindestens ein Dutzend Tassen sogenannten Kaffees probiert hatten, um einen guten zu finden.

Die Geschichte mit dem Kaffee hat in Innsbruck angefangen, als mein Freund Sandro, während er nach einem anständigen Frühstück seinen Gürtel lockerte, ausrief: »Und jetzt einen guten Kaffee!«

Vertrauensvoll bestellten wir und schlürften einen Napf mit einer schwarzen Flüssigkeit aus, die auch nicht im entferntesten mit Kaffee verwandt oder befreundet war.

Wir dachten, daß sie in diesem Lokal vielleicht nicht wüßten, wie man Kaffee macht, und gingen in ein anderes, benachbartes Lokal, wo wir dieselbe Art von Gebräu vorgesetzt bekamen, und da wir wirklich der Verdauung nachhelfen mußten, wiederholten wir das Experiment noch dreimal, bis wir schließlich gezwungen waren, einen Löffel doppelkohlensaures Natron zu nehmen, um

den reichlichen Liter schwarzer Flüssigkeit, den wir herunterge-
gossen hatten, zu verdauen.

Heute morgen in Salzburg machten wir uns mit einem anderen
System auf den Rundgang durch die Cafés: Abwechselnd geht nur
einer von uns hinein, bestellt Kaffee, trinkt, und wenn er passabel
ist, geht auch der andere hinein.

Da jedoch der Magen nur eine beschränkte Menge dieser Art
Gebräu vertragen kann, änderten wir, nachdem wir ein Dutzend
Cafés besucht hatten, nochmals das System.

Wir bestellen Kaffee, sehen uns an, um was es sich handelt,
zahlen, gehen hinaus, ohne die Tasse anzurühren, und lassen die
Kaffeehausbesitzer ziemlich verdutzt durch unsere seltsame
Handlungsweise zurück.

Also verzichten wir auf den Kaffee und notieren uns, daß wir bei
unserer nächsten Österreichreise etliche Achtel Kaffee und eine
Kaffeemaschine mitnehmen müssen.

Wir steigen wieder in den Topolino, und dieser bringt uns willig
und folgsam nach Zell am See.

Der Himmel ist bewölkt und läßt ab und zu einige Regentropfen
fallen, die jedoch ausreichen, eiligst und wütend das Verdeck
zuzuziehen, doch gleich darauf teilt ein Sonnenstrahl die Wolken,
und wir schieben das Verdeck wieder zurück, um es einen halben
Kilometer weiter erneut zuzuziehen.

In Zell machen wir halt, um über die Schönheit der Seen zu
diskutieren.

Sandro ist der Meinung, daß wir die Konkurrenz der Seen
wirklich nicht zu fürchten brauchen. Wir besitzen in Italien Seen
für jeden Geschmack: große und kleine, schöne und häßliche,
heitere und traurige.

Er sagt, daß es unnötig sei, haltzumachen und die Seen in
Österreich zu betrachten, wenn wir selbst Seen abgeben könnten.

Ich weise ihn darauf hin, daß der Zeller See trotzdem ein schöner
See ist, aber er bleibt dabei und sagt, daß, abgesehen von den
Häusern mit den Spitzgiebeln, den Bergen und Wiesen am Ufer,
dem weiten Tal, das sich im Hintergrund öffnet, der schneebe-
deckten Bergkette, die sich im Wasser spiegelt, den Schwebebah-
nen, die auf die Berge klettern, das Wasser doch fast wie das des
Comer Sees sei.

Ich gebe zu, daß das Wasser unserer Seen viel besser sei, und er
gibt die Schönheit des Panoramas zu – so einigen wir uns.

Indessen hält eine Gruppe von Touristen unseren Topolino für
eine der Sehenswürdigkeiten von Zell am See.

Um unseren Wagen hat sich eine kleine Menge versammelt, und alle stellen eine Reihe von Fragen, von denen wir nur einige Kommas und Fragezeichen verstehen.

Ein Herr, der ein paar Brocken Italienisch kann, übersetzt, und wir antworten, daß der Topolino hundertsechzig Stundenkilometer fährt, auf hundert Kilometer einen Liter Benzin verbraucht und mit Zentralheizung, Trinkwasser und Gas versehen ist.

Alle sind so begeistert, daß ich im Begriff bin zu sagen, der Topolino könne nicht nur den See wie ein Motorboot überqueren, sondern auch wie ein Flugzeug fliegen.

Wir erklären, daß wir zwei Touristen sind, die Österreich per Auto bereisen und im Zelt übernachten.

Alle beglückwünschen uns zu unserem Unternehmungsgeist und Anpassungsvermögen; nicht jeder ist dazu geschaffen, im Zelt zu übernachten: es bedarf einer gewissen Abhärtung und Opferbereitschaft. Einer gewissen Liebe zum einfachen Leben.

Wir wissen nur allzu gut, daß es all dieser Eigenschaften bedarf.

»Zum Teufel«, ruft Sandro beim Einsteigen aus, »heute nacht schlafe ich im Zelt oder lege mich überhaupt nicht hin, so wahr ich Sandro heiße!«

Wir verlassen die Touristen, fahren in ein enges Tal, und die Straße beginnt anzusteigen.

An einem bestimmten Punkt steht ein Verkehrszeichen: 18 Prozent Steigung.

Der Wagen liest es als erster; das merkt man am Motor, der im dritten Gang nicht mehr ziehen will.

»Die Fiatwerke bringen ihren Autos das Lesen bei«, sagt Sandro, »schalte den zweiten ein.«

Ich schalte den zweiten Gang ein, und der Wagen fährt hinauf wie eine Drahtseilbahn.

Es regnet in Strömen. Wir haben ein Wolkendach über uns.

»Bald sind wir mitten in den Wolken«, sage ich, denn ich habe lange Bergerfahrung, »wenn wir dann darüber sind, scheint die Sonne. Wir werden eine wunderbare Aussicht von den Gipfeln des Großglockners haben, die auf einem Wolkenmeer treiben.«

Noch immer ist die Straße breit und asphaltiert, die Kurven sind mit Steinen gepflastert, überhöht, numeriert. Hier und da weist ein grün-weißes Schild auf einen Brunnen mit dazugehörigem Gefäß hin, um Wasser in den Kühler zu schütten.

»Wir könnten auch nach Hause telefonieren«, sage ich und zeige auf die Schilder: »Fernsprecher 500 Meter weiter.« Andere Schilder in jeder Kurve geben die Höhe an: Eintausendneunhundertzwanzig, eintausendneunhundertsechsundfünfzig, eintausendneunhundertneunzig.

»Die Großglocknerstraße erreicht eine Höhe von zweitausendfünfhundertsechzig Metern«, sage ich, aber der Wagen läßt sich nicht beeindrucken.

Wir steigen in strömendem Regen höher und höher, kommen in die Wolken, kommen auf zweitausendundfünfzig Meter aus den Wolken – da hört es endlich zu regnen auf und beginnt zu schneien.

Wir haben eiskalte Füße, wollen aber nicht die Heizung anstellen: wir möchten Fotos im Schnee machen und wollen deshalb nicht, daß der Schnee auf der Windschutzscheibe schmilzt.

Wir halten in Fuscher Ach auf zweitausendzweihundertvierzig Meter. Es gibt dort eine kleine warme und gastliche Schutzhütte. Aber am Ufer des winzigen Sees klappern wir vor Kälte mit den Zähnen und lassen uns den Schnee auf die Köpfe und die nicht genügend dicken Kleidungsstücke fallen.

Wir betrachten eines der angeblich schönsten Panoramen von Europa: um uns türmen sich Wolkenberge und errichten hundert Meter vor uns einen undurchsichtigen Vorhang.

Wir kaufen zwei Dutzend Ansichtskarten und bewundern darauf das Panorama, das wir von der Stelle, wo wir stehen, sehen können müßten.

Wir machen Aufnahmen im Schnee, steigen dann wieder ein und stellen die Heizung an.

Bald fühlen wir uns in der milden Wärme behaglich.

»Hier auf diesem paradiesischen Stückchen Erde«, sagt Sandro, ehe wir abfahren, »hätten wir das Zelt aufschlagen müssen, wenn das Wetter besser gewesen wäre.«

Wir lassen den in eine doppelte Wolkenschicht gehüllten Großglockner hinter uns und fahren bis eintausenddreihundert Meter hinunter. Wir haben den Eindruck, zwischen den Bergen auf der Suche nach einem Landungsfeld herumzufliegen.

Mein Freund Sandro sieht in das Nichts zu seiner Rechten und beklagt das Fehlen eines Fallschirms. Er sagt, daß er das gleiche Gefühl habe wie bei seinem ersten Flug.

Immer noch ist die Straße herrlich breit und asphaltiert, mit Fernsprechern und Wasserbrunnen.

An einem bestimmten Punkt hört es zu schneien auf und beginnt wieder zu regnen. Aber dann hört es auch zu regnen auf, und wir landen nach einem langen Gleitflug auf Flügeln und

Kotflügeln in Heiligenblut, wo die Straße fast wieder horizontal wird.

Wir haben Eis und ewigen Schnee verlassen und kommen in eine ganz andere Landschaft.

Es ist, als ob wir jäh ein Märchenbuch aufgeschlagen und plötzlich ein Feenreich betreten hätten.

Der Talgrund ist dicht mit Tannen bewaldet, und über den Tannen erheben sich am Berghang die grauen Mauern des Schneewittchenköniginnenschlosses mit seinen hundert spitzen roten Zinnen.

Auf einmal erscheinen uns Feen, Zauberer, himmelblaue Prinzen, Prinzessinnen, die ihr Lächeln verloren haben, schlafende Dornröschen. Wir vermeinen, im Kieferndickicht die Flammenaugen des Drachens zu sehen und in weiter Ferne das Echo des Siebenzwergeliedes zu hören.

»Fahr schneller«, sagt Sandro. »Ich möchte nicht vom gleichen Schicksal wie Hänsel und Gretel ereilt werden.«

Aber es besteht keine Gefahr, sich zu verirren. Hänsel und Gretel hatten damals kein Auto, und durch den Wald führte keine Asphaltstraße.

Am Rande der Tannenwälder tauchen von Zeit zu Zeit Häuschen aus Marzipan mit Fenstern aus Schokolade und Zuckerdächern auf.

Ich möchte halten und aussteigen, um von einem Fensterladen zu naschen, einen Dachziegel oder Schornstein zu lutschen, an einem Mäuerchen zu knabbern, aber Sandro will es nicht.

»Wenn alle durch diese Gegend kommenden Touristen das tun, was du möchtest«, sagt er, »dann wären diese Häuser bald abgenagt und verzehrt. Und es ist nicht recht, nach Österreich zu kommen, um die Häuser abzunagen.«

Ein Eichhörnchen hüpft über die Straße, ein blauer Vogel setzt sich auf einen Tannenstamm.

Wir besprechen die Möglichkeit, das Zelt im Walde aufzuschlagen, und kommen zum Schluß, daß uns der Mut fehlt, die Nacht allein inmitten dieses Märchenlandes zu verbringen.

Solange es in den Büchern steht, ist es ein Märchen, aber sobald man darin lebt, ist es etwas anderes. Wer garantiert uns, daß wir morgen nicht in Raben verwandelt sind und unser Topolino in einen Esel?

Vor allem die Tatsache, auf einem Esel mit dem Mailänder Nummernschild MI nach Italien zurückkehren zu müssen, gibt den Ausschlag, weiterzufahren.

Vier Kühe versperren die Straße und weichen nicht. Wir müssen halten.

»Vielleicht sind es vier von irgendeiner alten Hexe in Kühe verwandelte Mädchen?« sage ich. »Ich will versuchen, den Zauber zu brechen.«

Wir steigen aus und küssen die vier Kühe der Reihe nach zwischen die Hörner.

Die Kühe verwandeln sich nicht in Mädchen, und wir steigen etwas beschämt wieder ein.

»Schade! Es wäre eine so gute Gelegenheit gewesen!« sagt Sandro.

Ich erinnere ihn daran, daß wir Familie haben und daß unsere Frauen, wenn sie wüßten, daß wir herumführen, um Kühe zwischen die Hörner zu küssen, damit sie sich in schöne Mädchen verwandelten, wer weiß was machen würden.

Sandro seufzt.

»Die Zeiten der Märchen sind vorbei«, sagt er.

Wir erreichen Iselsberg.

Wir halten vor einem kleinen Gasthaus und entschließen uns, dort zu übernachten.

Ehe wir uns dazu entschließen, knabbert Sandro an einem Geländer, das aus Krokant zu sein scheint, und ich beiße in den Türpfosten, der wie Zuckerwerk aussieht, und breche mir dabei einen Zahn ab.

»Es ist, glaube ich, in Ordnung«, sage ich. »Es handelt sich um gewöhnliches Baumaterial.«

Wir können beruhigt hineingehen.

Wir finden den Eingang voller Lächeln und Verbeugungen. Wirt, Kellner und Hausknechte bilden inmitten von Blumen Spalier.

Blumen an den Türen, an den Fenstern; gemalte Blumen auf dem weißen Holz der Möbel und auf den Tapeten; gestickte Blumen auf den Bettbezügen und gedruckte auf den Decken, Blumen auf Vorhängen und auf Teppichen, Blumen auf Tellern und Gläsern.

Anscheinend hat Österreich all seine Blumen in diesem kleinen Gasthaus versammelt: freundliche Huldigung unserer letzten Etappe.

Wir knüpfen Bekanntschaft mit einer Familie aus Turin und einer Familie aus Triest an, die ihre Ferien in diesem kleinen Gasthaus voller Blumen verbringen.

Wir zücken sogleich unsere Fotoapparate, um diesen Ort

und diesen Augenblick zu verewigen, und nachdem wir drei Filme verknipst haben, erklärt uns der Hotelportier, ein Foto-experte, daß unser Apparat ganz anders benutzt werden müßte, als wir es getan haben. Es gebe Knöpfe, die hereinge-drückt werden müßten, nachdem einige Hebel verschoben worden seien, und es gebe Hebel, die verschoben werden müßten, nachdem andere Knöpfe hereingedrückt worden seien.

Wir hätten das etwas durcheinandergebracht und, ohne auf die Reihenfolge zu achten, Knöpfe hereingedrückt und Hebel ver-schoben, so daß wir alle unterwegs geknipsten Filme wegschmei-ßen könnten.

Geduld! Das werden wir auf der letzten Etappe wieder gutma-chen.

Mit Appetit essen wir einen riesigen Teller faustdicker Nudeln, die mit gekochten Pflaumen gefüllt, zerlassener Butter übergos-sen und mit Zimt bestreut sind, und gehen dann hinaus, um die Aussicht vor dem Gasthaus zu bewundern.

Vor uns öffnet sich ein Wolkenvorhang, und die Kette der Dolomiten erscheint, macht eine anmutige Verbeugung, und der Vorhang schließt sich wieder. Wir applaudieren lange, aber der Wolkenvorhang hebt sich nicht mehr.

Wir finden unsere Sachen ordentlich auf dem Bett ausgebreitet vor.

Unsere Anzüge sind ausgebürstet und gebügelt worden.

Und auch das Zelt.

Wir fahren von Iselsberg ab. Lassen die Blumen, Feen, Häuschen aus Marzipan und Schokolade hinter uns. Lassen die verzauberten Schlösser und die Tannen hinter uns und steuern auf die Grenze zu.

Inzwischen haben wir das Zelten aufgegeben. Das Bündel Zeltbahnen liegt immer noch im Wagen, aber wir wagen nicht mehr, vom Zelten zu reden. Wir werden das Bündel als Andenken an unsere wunderbare Fahrt aufbewahren, und vielleicht gelingt es uns eines Tages, das kleine Haus aus Zeltbahnen im Hofe unseres Hauses aufzuschlagen.

Es fehlen etwa vierzig Kilometer bis zur Grenze, doch schon leuchtet das rote Lämpchen des Reservetanks auf. Wir müssen an der ersten besten Tankstelle tanken, aber es ist sehr früh, und sicher schlafen alle noch zu dieser Tageszeit. Wir entdecken ein paar verlassene Tankstellen – dann nichts als Öde. Hinter jeder

Kurve hoffen wir eine Tankstelle auftauchen zu sehen, doch der vertraute Anblick läßt auf sich warten.

Wir rechnen damit, daß der Wagen im nächsten Moment stehenbleibt, und währenddessen kommen die Schönheiten der Landschaft erst in zweiter Linie in Betracht. In unseren Augen besitzt eine Landschaft ohne Tankstellen keinerlei Reize.

Unser Vertrauen auf unseren Wagen ist also gering.

Aber als wir die Grenze erreichen, sind wir bereit, jede Wette einzugehen, daß wir mindestens die letzten zehn Kilometer ohne Benzin und einzig und allein durch die Willenskraft des Motors zurückgelegt haben.

Bei der Tankstelle an der Grenze stellen wir fest, daß der Tank tatsächlich völlig trocken ist.

Wir tanken, und nach kurzem Austausch von Höflichkeiten mit den beiden österreichischen Zollbeamten werden wir plötzlich von wenigstens zwanzig italienischen Zollbeamten umzingelt, die in unserem Wagen wer weiß welche geheimnisvollen Waren suchen. Schließlich überzeugt davon, daß wir keine Schmuggler auf Dienstreise sind, lassen sie uns nach Italien hinein, wo uns strahlende Sonne empfängt.

Wir haben noch den ganzen Tag vor uns. Darum konsultieren wir die Karte und meine alten Bergerinnerungen.

Die Bilder der Dolomiten ziehen an meinem Geist vorbei, und ich sehe mich wieder, den Rucksack auf dem Buckel, von Hütte zu Hütte pilgern. Ich erzähle Sandro von meinen Jugenderlebnissen, und wir entschließen uns, die Rückfahrt auszudehnen.

Der Topolino klettert bis zum Misurina-See, den Tre-Oroci-Paß hinauf und fährt nach Cortina d'Ampezzo hinunter.

Die Straße ist nicht mehr asphaltiert und watet durch Sturzbäche, die von den Bergen kommen.

Touristenbeladene Pullman-Omnibusse rollen wie Lawinen die an Saumpfade erinnernden schmalen Straßen herunter.

Wir nehmen den Falzarego, klammern uns an den Pordoi, ersteigen den Sella. Kilometerlang finden wir keinen Asphalt, nur Steine und Schlamm. Diese Straßen müßte man sicherheitshalber angeseilt zurücklegen.

Wir haben keine Zeit, die Schönheiten der Landschaft zu betrachten: mein Reisegefährte beobachtet aus dem rechten Augenwinkel den Rand des Abgrundes und aus dem linken die Autos, die vom Paß herunterkommen. Bei jedem Hupen halten wir und kauern uns im Wagen zusammen, schließen die Augen und warten. Wir fühlen, wie ein großes Ungetüm links an uns vorbeifährt, und, wenn es vorbei ist, öffnen wir die Augen: Gott sei Dank ist nichts passiert.

Auf dem Sella-Paß bahnen wir uns gewaltsam den Weg durch einen Haufen von Touristen. Überall sind Touristen: in den Hütten, auf den Wiesen, hinter den Steinen und inmitten der Felsen zwischen einem Edelweiß und dem nächsten.

Wir stehen Schlange, um durch ein langes Fernrohr zu gucken, und erblicken Touristen, die auf den Felsen herumkraxeln, auf den Wolken thronen, im himmelblauen Raum zwischen Felsen und Baumwollflocken schweben.

Touristen, die von überallher kommen, sich überall breitmachen, überall herumkraxeln und in jeder Wiese Hühnerknöchelchen, Apfelgrotzen, leere Sardinenbüchsen und Wurstpellen hinterlassen.

Ohne jeglichen Respekt vor diesen großartigen Bergen.

Wir fahren das Val Gardena hinunter und stoßen in Santa Christina wieder auf Asphalt.

Im Flug geht es über die schöne Brennerstraße. Der Topolino hat seine ganze Heiterkeit zurückgewonnen, und der Motor singt glücklich, weil er die Prüfung ohne Unfall hinter sich gebracht hat.

Jetzt gleiten wir durch einen Strom von Fahr- und Motorrädern, und von Stadt zu Stadt erneuern sich die Rad- und Motorradfahrer. Es ist Sonntag, und alle Straßen sind überfüllt. Und überall ist es die gleiche Menge, in Trento, in Riva, auf der Gardesana, bis zur Auffahrt der Autobahn.

Zu Hause erwarten uns unsere Frauen.

»Ihr Armen habt sicher schrecklich unbequem im Zelt geschlafen!« sagen sie.

Dieser Tage wollen wir es wirklich einmal ausprobieren. Vielleicht nur zehn Minuten lang.

Nun stellen wir den Topolino schlafen, denn er hat unbedingt Ruhe nötig.

Helga Leeb Basko und seine Leute

Der neue heitere Roman der Erfolgsautorin
von „Ein altes Haus und lauter nette Leute"

216 Seiten

Langen Müller

P. G. Wodehouse

». . . eine Institution des britischen Humors«
(Frankfurter Allgemeine)

P.G.Wodehouse:
Sommerliches
Schloßgewitter
Roman

dtv

P.G.Wodehouse:
Die Hunde-Akademie
und andere Stories

dtv

P.G.Wodehouse:
Dann eben nicht,
Jeeves
Roman

dtv

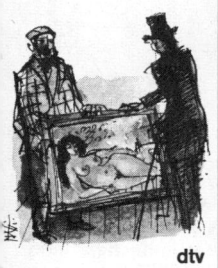

P.G.Wodehouse:
Ein Pelikan im Schloß
Roman

dtv

P.G.Wodehouse

Jeeves
Takes Charge

Jeeves
übernimmt
das Ruder

dtv
zweisprachig

Das kleine Geschenk mit dem großen Effekt

Chaval:
Mensch bleibt Mensch
Cartoons
dtv 1709

Gerard Hoffnung:
Hoffnungs heitere Welt
Cartoons
dtv 1603

Gerard Hoffnung:
Scherzando
Cartoons
dtv 1772

Gerard Hoffnung:
Dilettanten
Cartoons
dtv 10059

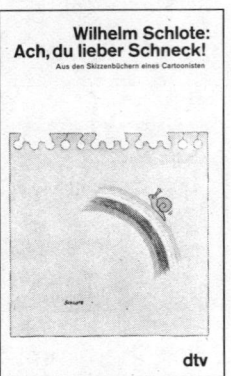

Wilhelm Schlote:
Ach, du lieber Schneck!
dtv 1720

Wilhelm Schlote:
Fenstercartoons oder
Wie man sich Geburts-
tage einfacher merkt
dtv 10038